機械式時計王子の再来

からくり屋敷の謎

柊サナカ

ハルキ文庫

角川春樹事務所

機械式時計王子の再来

からくり屋敷の謎

柊サナカ

ハルキ文庫

角川春樹事務所

目次

機械式時計王子の再来

からくり屋敷の謎

プロローグ

古びた置き時計が、雨に打たれている。

十《と》刻藤子《ときとうこ》は、専門学校から家までの帰り道を急いでいたところだった。車の多い道を避けて、裏道を通る。夜間コースなので、終わりは十時近くになる。片手でビニール傘、片手でテキストの入ったトートバッグを、濡《ぬ》れないように身体《からだ》の前に抱え直す。今日習ったことを頭の中で思い出しながら歩いていると、ふと、時計と目が合った。

時計と目が合った、というのはおかしな表現かもしれない。でも、そのまま通り過ぎることはできなかった。

良く見ると、四角い箱のような古時計で、上に持ち手がついている。文字盤は古びた金色。排水が悪いのか、時計の脚の部分が、暗い水たまりに浸《つ》かったようになっていた。

文字盤の、六時二十五分のしょんぼりした針の様子とか、雨にすっかり濡れてしまった木目を見ていると、時計が、なぜだか泣いているように見えた。思わず、しゃがんで、手を伸ばしていた。

ふと、人の気配がして顔を上げると、道を挟んで斜め前の家のおじさんに、門のところからじっと眺められている。

よく見れば、時計のすぐ横に、ごみ持ち去り禁止、の札があるのも目に留まる。

「あのー、すみません」

とりあえず道を渡って、おじさんの所へ。そのおじさんは、不審げな表情を隠さずにこちらを見た。返事をしないのを見ると、警戒しているようだった。

「あの時計、捨ててあるんですよね」

時計を指さす。

「ええ、まあ……そうじゃないですかね」

「わたし、あの、学校で時計の勉強中なんです」できるだけ、自分の中で一番優等生っぽい声を作りながら、トートバッグから、時計のイラストが描《か》かれたテキストの表紙を、ちらりと見せたりなんかしてみる。

「ちょっとほら、修理の練習？　とか、できたらなあって。ゴミだったら、持って帰ったりなんかしても、いいですか。勉強したくて」

おじさんはちょっと考えたようだった。

「わたし、千駄木《せんだぎ》にあるトトキ時計店の者です」あやしくないように、所属もハキハキ付け足してみる。「とはいえ、まだ見習いの店番ですが」

「なんだ。時計学校の学生さんか……」

とりあえず、雨の中しゃがんで何やっているんだろう、あやしい女がいる、というおじさんの疑念は晴れたらしい。

「ま、あれだ、問題ないんじゃないですか」

おじさんは、急に興味を失ったように、家に入っていった。

しゃがんで、雨が当たらないように傘をさしかけ、とりあえず時計をハンカチで拭《ふ》いてみた。裏蓋《うらぶた》が半開きになっているので開けると、T字のネジ巻きが扉の所についていた。

持ってみると、けっこう重い。時計の上にある持ち手は、ちょっとぐらぐらしており、そのまま持つのはためらわれる。

傘の柄を肩に、右手で時計を抱えた。左手でトートバッグを押さえ、よたよた歩き出すと、歩いて二歩でもう後悔し始めた。

やっぱりさっきのところに置いて帰ろうかなと思った瞬間、時計の中の何かがタイミング良く、コーン……とくぐもった音をたてる。

「はいよ、とりあえず持って帰るから」

誰《だれ》にともなくそうつぶやくと、藤子は駅に向かって歩き出した。

これが、一年前だったら目にも留めていなかっただろう。時計があることすら、気付かなかったかもしれない。「時計が泣いている」みたいに思えた自分にも、少し驚いていた。

地下鉄の座席は空《す》いていた。疲れて座りたかったけれど、ずぶ濡れの時計もあるので、床に置いて、そのままドア近くに立った。地下鉄の窓に、自分の顔が映っている。一応、時計の勉強に通っているので、髪を後ろでひっつめにしている。二十五歳。もうすぐ二十六、これから時計の勉強を始めて自分のブランドを立ち上げたいとか、そういう大きな野望みたいなのはない。時計学校では、自分よりも年下の子たちが、ずいぶんしっかりとした夢と目標を持って授業に参加していて、そのまぶしさをちょっとうらやましく思ったりする。

そんなに年は離れていないはずなのだけれど、年下の子たちからは、藤子さん、と呼ばれていて、新歓でも、えっ、嘘《うそ》、まだ二十五なんですか、と驚かれたりした。

まあ、父親の起こしたトラブルのせいで、高校の三年で家出、住み込みのバイトをして暮らし、去年ようやく高卒認定試験を受けてとなると、なかなか一般的な道のりとは言えないのかもしれない。自分では、特に苦労したとは思っていないし、そういう身の上話をしたこともないのだけれど、藤子は年上の、三十代の学生さんの方と気があった。

「藤子さんは、実家が時計店なんだもの、いいよね、就職の心配ないし」と言われて、

「うち、すごいボロだよ、昭和感満載。何ならおいでよ。給料激安」と笑って返す。

就職の心配がないとすれば、ないでいいのかもしれないけれど、さて、今から時計を学んで、自分がいったい、今後どうなりたいのかという迷いは、いつでも頭にあった。

まあ、とりあえず、この子をなんとかしてから考えよう。藤子は、足下に置いた時計を

見る。ちょっと水滴が床に垂れている。明るいところで見ると、持ってきたのをちょっと後悔するくらいに、泥水に汚れて古びているのがわかった。

でも。「この子」だって。

自分の言いように、ちょっと笑った。

少し前までは、時計大嫌いだったはずなのに。


千駄木駅に着いて、えっちらおっちら荷物を手に、改札にさしかかろうとしたら、いきなり、「トーコ!」という、よく通る声がした。

その前から、注目の的だったらしき声の主、ジャンは、周囲の視線をまったく気にすることなくニコニコしている。そりゃあそうだ、地下鉄の、お疲れ気味の雑踏の中、突然、白い鹿《しか》が登場、みたいな異次元感をかもしだせるのはこの子くらいしかいない。

アイロンのきいた白いシャツに黒いパンツという格好は、なんら派手さがあるわけではないけれど、金に近い茶色のくりっとしたくせ毛に長い睫毛《まつげ》、スイスの血に四分の一だけ混ざった東洋の血が奇跡的によいバランスを保っていて、年頃《としごろ》も十七歳、少年から青年になろうという絶妙な時期、ちょっとはにかんだみたいに笑っている様子がもう、用もないのにその場に人を立ち止まらせるには十分だった。あの人なんか、何度見だろうか、というくらいに振り返っている。まだ見ている。

「藤子遅いぞ、電話には出ろよ。心配するから」と、隣のもう一人も言う。アキオだ。同じくアイロンのきいた白いシャツに黒いパンツという格好をしていながら、こうやって並べて見るとジャンとはまったく正反対の趣がある。上背があって、鍛えた身体は白いシャツ越しでもしっかりわかるほどの筋肉質、浅黒い肌によく白が映える。漆黒《しっこく》の短髪が雨に濡れたのかしっとりしていて、ちょっと右手で撫《な》でつけたりしている。

ジャンがまた手を上げる。

「トーコ！」

とりあえず、そんなに嬉《うれ》しそうに呼ばなくてもいい。ただでさえこの兄弟は目立って仕方が無いのに、いったい誰を待っているんだろうと気にしていたらしき通行人がこちらを見て、なんだ普通じゃん、と若干がっかりした顔をし、また兄弟の顔を見て、おお……という顔になる。またこちらを見て、なんだ全然たいしたことないじゃないか、と微妙な顔になる。その羨望《せんぼう》とがっかりの激しい温度差の狭間《はざま》で、とりあえず改札にカードをタッチした。

「トーコ。時計」

「藤子、その時計はどうした」

右手で抱え直した古時計に気付いたようで、ジャンとアキオが不思議そうに言う。

「これさ、道に捨ててあったから拾ったの」と言うと、「Oh……」「あの藤子が……時計を……拾った……」「トーコ……時計……」とふたりして驚いている。

「藤子はついこの前まで、クオーツ時計と、機械式時計の区別も付かなかったのに。そんなのだいたい同じじゃん、とかめちゃくちゃを言って」

「トーコは、時計、いらないと言いました。過去」

「いや、ほら、なんか雨に濡れてかわいそうだったから。見たところ、まだまだ使えそうだし」

感極まったようにアキオが目頭を押さえた。「成長したな藤子、俺が一から育てた甲斐《かい》があった」

「いやアキオには何も育ててもらってないと思うんだけど」

「僕、なおします」ジャンも言う。

このふたりは、スイスから来た時計兄弟。

ふたりとも独立時計師を目指していて、今は我がトトキビルヂングの三階に住んでいる。まあ、兄弟とは言っても、ジャンとアキオは世を忍んだ偽《にせ》の兄弟で、血のつながりは全くない。

ジャンが未成年なのと、まだ日本語がおぼつかないために、通訳兼、生活全般のサポートの兄役としてついてきたのがアキオだ。

アキオの本名は、黒崎《くろさき》・アメーデオ・明生《あきお》というのだけれど、日本では兄弟として、ふたりとも偽名であるクロサワ・アキオと、クロサワ・ジャンの名で通している。ジャンの本名は、藤子にさえ、いまだに伏せられたままなのだった。なんでも、ジャンの実家があまりにも世界的に有名な、時計宝飾品の一族のため、存在がばれると大変な騒ぎになるのだという。

ジャンは十代にして、ありとあらゆる世界のお宝みたいな機械式時計をコレクションしているという富豪ぶり。だいたいこのふたり、元は某高級ホテルのスイートルームを半年間も押さえていたのだ。一泊いくらか考えただけでも倒れそうになる。

そんなふたりが、なんの因果か、この昭和感あふれるおんぼろビル、トトキビルヂングの三階へ。ジャンは母国では時計学校に通わなければならない学生の身のため、昨年、いったん母国へ帰った。

そのふたりがつい二週間前、突然スイスからトトキビルヂングに戻ってきたのだった。兄であるアキオは、アンティーク修理と時計の知識に定評があり、一方、弟のジャンは小さいころから、ありあまる実家の財力で時計に関する英才教育を受け、わずか十五歳のときには、自らの設計でトゥールビヨン――精度に部品自体の重さも影響するため、作るのは一流の時計職人でもとても難しいとされる、最高級機械式時計の代名詞とも呼ばれる機構――をも完成させていたという神童ぶり。ふたりともに共通しているのは、常軌を逸して時計が大好きだというところ。

このふたりに任せれば、こんな置き時計なんて鼻歌を歌いながらでも、すぐに直るだろう。屋上で、二十年近くずっと故障していたトトキ時計店の大時計だって、たちどころに直したのだから。摩耗していた部品を、旋盤《せんばん》で一から削り出して作り直してくれた。今でも月差一秒。誤差がほとんど出ていないのはさすがだ。

でも。藤子は首を横に振った。

「いいの。これはわたしが直してみる。この子と目が合ったのはわたしだから」

「この子！」アキオがまた感激して、大きく腕を開く。

その腕を笑って避《よ》けながら、時計を、赤ちゃんをタカイタカイするときみたいに、両手で持ち上げてよく見てみた。

やっぱり、きたない。苦笑いした。

ジャンがトートバッグを持ち、アキオが時計を持ってくれたので、ようやく身軽になった。

ふたりの後ろを歩きながら、大きい傘と小さな傘を眺める。日本に来てから傘を新調したらしい。大きい傘は落ち着いた色のストライプで、傘だけ見るとやたら大きく見えるが、長身のアキオが持つとちょうど良い。やや小ぶりの紺の傘の方は持ち手がステッキっぽく、馬の頭の精巧な彫刻が付いているようだった。しかし高い傘っていうのは、水の粒が落ちるときも何かこう、品があるものだなと妙なことを思う。

ふたりとも、腕時計をしている。アキオの時計は、たしかパネライのオートマティックチェラミカとかいう時計で、ジャンも何か、厚みのある品の良さそうな時計をしている。そのジャンの時計は何、と聞けば、アキオがたぶん二時間くらいしゃべり続けるかもしれないので黙っておくが、ふたりとも、とても良く似合っている。

……この時計兄弟がどんな感じで、また日本にやって来たのか。日付は二週間前に、ちょっとだけさかのぼる。

スイスは遠い。藤子自身、もうふたりには、今後、二度と会えないだろうと考えていた。

そう、あのときは、店番中で、ちょうど鐘が鳴っていた。トトキ時計店の鐘の音――

＊

カーン、カーンと五時の鐘が鳴り始める中、電話先でアキオは、「おお。ほんとに時計、狂ってないな」と言った。「さすが俺《おれ》が整備した時計だ。誤差がない」

「僕も、直しました。僕も！」

ジャンの声もする。

ふと見れば、道の向こうに並んで手を上げているふたりがいる。大きいのと、小さいのと。

半年ぶりに見るジャンは、少しばかり背が伸びたように見えた。

「トーコ!」

時計店の扉を開けると、ジャンが道を駆けてやってきた。「おかえ――」と言いかけて、そのまま息ができないくらい、もう「り」も出ないくらい、ぎゅうっと抱きしめられてちょっと焦る。ジャンは何か一生懸命いろいろ言っているのだけれど、何語かもわからない。子どもだ、まだまだ可愛《かわい》い男の子だと思っていたけれども、骨とか身体の厚みに、やっぱりジャンも大人の男の人になりつつあるんだなあと、しみじみ思う。

わさわさとジャンの髪をかきまわしながら「ジャン、何だ、そんなにたこ焼きが食べたかったの?」と笑って聞いたら、「だいすき」と言うので笑った。ぽんぽんと背中を叩《たた》いて、やっと落ち着かせて身体を離す。

「よし、じゃあ今日はジャンの大好きなたこ焼きにしようね。たこ焼きパーティーだ」と元気よく言う。ジャンは一瞬、なぜか寂しそうな顔をして、それでも笑みを浮かべた。

道の向こうから、ふたり分のスーツケースを曳《ひ》いてアキオもやってきているところだった。

「おおー久しぶり、アキオも、」と言いかける間に、一でもうアキオは腕を開いて、二で引き寄せられ、三で、もうがっしりした腕と胸板と頰《ほお》との三角地帯にきゅむっとつかまえられており、その流れるような感じとか、離れる前に「会いたかっただろ」と囁《ささや》いておきながら、高そうな香水の香りだけ残して、さっさと離れて答えを聞かないあたりとかも、こやつ……たいそうな手慣れ感があるなと思った。

大岩でも、押せば動くという一点があるという。再会のどさくさに紛れてハグなどしてしまったのだけれども、ちょっと何だよ、と身構える前にもう、岩のその一点みたいに、背中のどこか、ある一点をすっと何指かで押され、無意識に前に出たと思ったらもう腕の中だったのだ、不可抗力としか言いようがない。

「あのさあ、ふたりとも、日本に来るならあらかじめ言ってよ、せめて一週間前とかさ。そしたらもっとちゃんと準備するのに。まだ三階の部屋も掃除してないよ」

「急に来た方が藤子が喜ぶだろうなと」

「Surprise!」ジャンは、さすがに英語でも発音が良い。

「まあ、ぎりぎりまで決まらなかったんだ、ジャンの記述点のせいで。ねえ王子?」と言ってそれをジャンに訳すと、ジャンがむっとしながら、「とても。だいじょうぶ」と言った。いくら時計に関する技術力があったとしても、ジャンはまだ、母国のスイスでは時計学校の学生の身なので、試験やらなにやらがあるらしい。とりあえずの単位はどうにかなったようだ。落第王子とならずになによりだ。

「先にホテルにチェックインして、休憩してから来ようって言うのに、このわがまま王子が飛行機降りたら藤子のところへすぐ行くんだって聞かない」

引っ越しの日取りはあとで決めることにして、たこ焼きの買い出しも後回し。ふたりが一番に見たがったものがある。

もちろん、時計だ。

父の未完成の遺作であり、ジャンとアキオ、ふたりの手によって完成した時の藤《ラ・グリシーヌ・ドゥ・タン》は、今も、お店の奥のケースに飾ってある。来たお客がびっくりして、何分も魂を抜かれたように動けなくなるのがおかしい。そういうときは、あえて声をかけずに、そっとしておく。酒を飲んで暴れ、近隣に迷惑をかけまくり、家族のお金も使い込んだ上に失踪《しっそう》して死んだ最低の父親だった。進学も断念した。いまでも許してはいない。でも、このときばかりは、どこか誇らしいような気持ちになる。

時の藤《ふじ》。そこにあるのは、立方体の藤の宇宙だった。金の屏風《びょうぶ》の前にある藤棚《ふじだな》は、極小の花を静かに垂らし、古木の根が時計を抱いている。信じられないほどに精巧な細工によって、藤の花が、奥の方は紫の霧のように見えるほどだった。

時間により、背景である金屏風の一ます一ますが、さざ波のように端《はし》から色を変えていく。時計にして複雑機構は三十二を超える。一日に一回、正午にだけ、その屏風が開き、黒塗りの中に金の、時計の機構が露《あら》わになるようになっている。その正午の仕掛けを見ようと、人だかりができることもあった。噂《うわさ》を聞きつけて、地方からこの時計のためだけにやってきて、日がな一日鑑賞していく人もいた。そういう人のために、ソファーも置いたくらいだ。

「やはりお父さんの仕事は素晴らしかった。初見の興奮が褪《あ》せることがない」時計から目を離さずに、アキオが呟《つぶや》いた。

「うつくしいです。ずっと」ジャンも言う。

黙って三人、しばらくその小さな藤の宇宙を眺める。

「その後、不具合は」

「まだ大丈夫。狂ったり止まったりはないよ」

うむ。とジャンとアキオが頷《うなず》く。

この時計、時の藤は、もともと、店のショーケースの隅で、大安売りの札を立てかける台として置かれていた。埃《ほこり》をかぶっていた未完成の時計で、粗大ゴミとして捨てるつもりでいた。その時計を、ジャンとアキオがふたりがかりで、持てるすべての能力をかけて仕上げてくれたのだった。完成までには何十日もかかった。睡眠や食事などなにもかも後回しにして、時には修理の方針で喧嘩《けんか》しながら。

次に、三人でトトキビルヂングの階段を上って、屋上にある大時計を見に行った。この大時計、手動でハンドルを回し、週一で百キロを超えるおもりを引き上げている。チクタク、という音が規則的に響いている。大きな振り子がゆっくりと左右に揺れ、への字型をしたアンクルという部品も、左、右、と規則正しく、歯車と噛《か》み合って動いている様子を眺める。本当に、電気もないのに、真面目《まじめ》によく動くよな……と、いまだにどこか、信じられないような気持ちになる。おもりが落ちる、振り子が揺れる、ただそれだけのことで、どうしてこんなに正確に時を刻めるのかが不思議だ。

時計の機構を眺めるふたりの目は、やはり時計職人が、かつての自分の仕事の出来を確かめているときの目で、真剣だった。

ふたりして、母国語で何かを話し合っている。最終的に、うむ、とふたりの間で意見が一致したらしい。満足げだった。

「オイルは」

「教えられたとおりにやってる」

時計のおもりの鎖に、オイルを差すのだと教えてもらい、その通りにやっている。あと、冬になったら振り子の長さを調節することを教えてもらった。冬と夏とでは金属自体が縮んだり伸びたりして長さが変わるので、微調整しなければならないのだという。巨大な時計のそんな微妙な差、ちゃんとやらなくてもいいんじゃないのと思っていたら、アキオが試算してくれた。そのままにしておくと、確実にずれが出てきてしまうのだとか。一分が五分に、五分からもっと大きな遅れに。ほんの微妙な差でも、毎時間、毎日積み重なったら大きな差になってしまうらしい。

この時計の鐘の音を待っている街の誰かのためにも、藤子がしっかり時計を保守すること、もし狂ったら俺をすぐ呼べとアキオに言われているのもあって、藤子は温度計とにらめっこしながら、ほんの数ミリだけ、振り子の長さを微調整したのだった。

こんなの、やってもやらなくても同じじゃないかなあ、と思っていたら、冬でも時刻は狂うことはなかったので、なるほどな、と思う。

そんなこんなで、また、おかしな時計兄弟との、にぎやかな暮らしが始まる——

第一章　時計兄弟と生き時計の怪

トトキ時計店は、月曜の今日は休みだ。本日定休日の札を掛ける。雨の中、捨てられていた置き時計の修理にとりかかろうと、藤子は朝から店の隅の作業台に向かっていた。この作業台、祖父は修理、母は電池交換に使っていたようなのだが、藤子が自分で使ってみようと思ったのは、これが初めてだった。

「ちがうそうじゃない」

「トーコ。まちがう」

左右のふたりから同時に言われてうっとうしいことこの上ない。特にふたりとも本職で、技術力も高いために、いろいろと辛抱できなくて、つい口を出してしまうらしい。ジャンの手が、さっきから時計を触りたそうにうずうずしている。

休みの日、朝から頑張って修理を始めようとしたものの、藤子はもう面倒くさくなっていた。

「ハイハイわかってますよう」

学校ではまだ初級の初級、クオーツ時計の組み立てが始まるかどうか、というところなので、このタイプの、アンティーク置き時計の分解実習は、まだやったことがない。正直、ちんぷんかんぷんだ。

店舗の片隅にある作業台の上、まずは時計の外側を綺麗《きれい》に拭《ふ》き、表側からばらしていく。針を二つ取り、裏蓋《うらぶた》を開け、時計の内部機構もごっそり引き出した。隅には、オルゴールの中にある筒みたいな、小さなトゲトゲが付いた筒がある。

いろんな歯車やカムなどの部品が複雑に、真鍮《しんちゅう》の板に留められており、それを見るだけで、うへえ、となる。どこがどうなっているのかさっぱりわからない。歯車の軸の根元には、変な油や、よくわからないザラザラの汚れも固まっていて、触るのはちょっと遠慮したい。

「えーと。わかった。これ、おしゃれな置物にしよう！　今日から君は鍵《かぎ》置き場だよ」と言うと、ふたりして、大きく首を横に振る。

アキオの「藤子。そもそも時計職人とはだな」という、長い長い小言と蘊蓄《うんちく》が、紀元前二百年のギリシア人から始まったので、そこはせめて、近代から始めてほしかったと思いながら、左耳から右耳へと受け流す。あいかわらず、この男は蘊蓄が長い。

ジャンの片言の「トーコ、がんばりましょう」「トーコ、僕がやります」も全部聞き流し、すでに、ぼんやりと夕飯の材料のことを思い浮かべていた。

「いやさあ、わたし、そもそも細かい作業あんまり向いてないんだよね」と言うと、アキオは嘆きながらも「俺《おれ》も最初はそう思った。藤子、このタイプの置き時計は、初心者が作業するにはもってこいなんだ。やってみろ。手伝うから」と言う。

「てつだいます」ジャンも。

でもまあ、全体的になんだか汚いし、錆《さ》びてるし、苦労に比べて、動いたところで、たいして嬉《うれ》しくないかもしれないなあと、時計を拾ってきたことをはげしく後悔していた。

「藤子にも、一度でいいから、自分の手で時計が元通り、動く瞬間を体験してほしい。それでダメならやめてもいい」

などと、アキオが真面目《まじめ》な顔になる。

「やります。トーコ？」と、デジタルカメラを構えながら、にっこりとジャンが言うので、渋々ドライバーを持った。ジャンは、分解していく手元を、細かく写真に撮ってくれるらしい。あとで手順がわからなくなったときに、写真を見るといいのだとか。

やれ、アキオに「コハゼを外して、ゼンマイの力を解放」だとか、「これがガンギ車だ、よく見ておけ」とか、いろいろ言われるので、その通りに従う。「藤子、あのなあお前、この俺たちに時計修理を習うって、世間的に見ても、結構、貴重な体験なんだぞ、ああ俺らの所属を言いたい。誰《だれ》にも言わないのが契約だから言えないけど」と、アキオがブツブツ言っている。

この時計は、屋上の大時計みたいに、ぶら下がったおもりが落ちるタイプではない。金属のうずまきみたいなゼンマイで動くタイプなのだということはわかった。動力であるゼンマイは三つもあり、それぞれが時計用・時報用・チャイム用だということだ。

ゼンマイは、薄い金属でできており、きしめんみたいに長く長く伸びている。それがぐるぐるのうずまきになって、香箱という、ちょうどクッキー缶みたいな円筒のケースに丸く収められている。巻くと、香箱の中で金属のゼンマイがきつく締まり、そのゼンマイがバネみたいに伸びようとする力で、香箱をつねに押しつづける。

何もしなければ、当然、一気にゼンマイは伸びきってしまうが、その力をうまいこと止めて動かす、止めて動かすを繰り返して調整し、一週間もの長い間、時計の針を正確に動かし続ける、というのが機械式置き時計の仕組みらしい。それは重々わかってはいるのだけれど。

「前の持ち主は、三回も修理をしながら長年大事に使っていたらしいな。どうやら先にチャイムがだめになり、その後も使っていたようだが、時報も鳴らなくなって、とうとう時計の機能自体もだめになったらしい。煙草《タバコ》はまったく吸わない人だ。この時計は書斎なんかに置かれていたのかもしれない」

アキオの言葉に、ちょっとびっくりした。

「えっ何でそんなのわかるの探偵みたい」

「見ればわかる」

「わかります」ジャンも言いながら、数カ所を指でさした。確かに、そこだけ微妙に色が違う箇所がある。どうやら修理の痕跡《こんせき》があるらしい。

「まあ、煙草を吸う人の部屋の時計はヤニがすごい」アキオが言う。「中華料理屋の置き時計も一度修理したことがあるが、油がすごかった。使われていないまま放《ほう》って置かれた時計と、ずっと使われてきた時計の中も全然違う。どんな使われ方をしてきたかは、時計を見ればよくわかる」

アキオがどこかを触ると、ぎしぎしと嫌な音がした。

「藤子よく聞け、この音を覚えろ」と言う。

どうやらそれは、ゼンマイの音らしい。

「ゼンマイはほどけると、中の金属同士が接してこすれる部分が大きくなる。これは油の切れたゼンマイの音だ。あとで綺麗に洗って油を差すぞ」

「トーコ見て」と、今度はジャンが歯車を揺らすと、歯車が軸ごとガタガタ揺れて動いている。どうやら、軸のささっている穴の部分が、変形してしまっているようだ。

「そうそう、ほら、このホゾ穴もよく見ておけ。新品のときはこんな風にがたつかない。こうやって、長年の間に少しずつ金属が削れて変形していくから、穴が楕円形《だえんけい》に歪《ゆが》む。ゼンマイの強い力がつねにかかっている部分だからな。削れた金属のかすが、こうやって油と固まって粘土みたいになったり、錆《さび》になったりする。だから時計には、腕時計、置き時計に関係なく、オーバーホールが必要なんだ。人間も年を取ればあちこちガタが来る。元気に長生きするために病院に行ったり薬を飲んだり、直し直し生きるのは、人間も時計も同じだ」

見れば、歯車を支える軸の根元、あちこちの穴に、確かにかすのようなものがたまって、油で粘土のようにネトネトになっている。錆びて変色しているところもある。

「このホゾ穴を元通りにする」

そう言って、歯車の軸がささっている、板の穴をアキオが指した。

「元通りに戻すって、この台になっている板をどっかから買ってくるの」

「違う」アキオが言い、ジャンも、彫刻刀みたいな何かの道具を見せて、その道具の柄を金槌《かなづち》で叩《たた》く動作をしながら、クロワッサンなんとか、クロワッサンどうたらと、しきりに言っている。

「え。なにその手つき。クロワッサン？　パン？　パンの話？」

よく見ると、その道具の先端についた金属の断面は、クロワッサン――三日月の形をしている。

「これらの広がった穴を、三日月型のたがねで、穴の周りをちょっとずつ叩いて戻すんだと言っている」

「この穴一個一個叩いて戻すの。えー超めんどくさい」

「つべこべ言わずにやる」と、また叱《しか》られる。

分解作業の合間、ふと、よそ見をすると、時計の外側、木材でできた部分に光がさしていた。それまでわからなかったのだが、斜めからの光によって、時計の裏蓋部分の内側に、その薄い線は浮き上がって見えた。二重の丸だ。

目を凝らすと、長針も短針もあり、どうやらそれは時計の絵らしいことがわかった。長針と短針が、十時十三分くらいで止まっている。不思議なのが、ちょうど一分、二分と分の刻みの表示があるはずのところに、印の代わりにごく薄く、何かのアルファベットが手彫りで細かく彫ってある。二重丸の内周が、そのアルファベットだった。外周も同じく、ランダムな数字となっている。読んでみようと頑張ったが、どう読んでも読めず、意味を成す言葉とはなっていないようだった。いたずら書きかな、とも思うが、落書きにしてはデザインが凝っているし、何だろうと思う。

すべての部品を外したころには、ゴムのサックをはめた指先が真っ黒になっていた。

「トーコ。顔」とジャンが笑うので、鏡を見ると、無意識に頰《ほお》を触ってしまったらしく、汚い色の線がついている。

「もう嫌だー」

「頑張れ藤子」

とりあえず顔を洗ってきた。油なのか、なかなか落ちずに難儀した。

「今から各部品を洗浄する」

「薬は何をつかうの」

当然、油勝手にピカピカナール等の、専用の便利なつけ置き薬みたいなものがあるのだろうと思っていた。

「基本は手洗いだ。ホワイトガソリンやベンジンを使う。他の有機溶剤を使うときもある」

なかなか落ちない油を思って、またげっそりした。

「さあ始めるぞ」と、アキオにハケと真鍮のブラシを手渡される。

「もっとこうさあ、優雅な雰囲気を感じていたのですよ、パズル的な」

「口を閉じて早くやる」

ガソリンの臭《にお》いがする。嫌々やっていた作業だけれど、やはりそれでも、ネトネトや錆が落ち、歯車の元の綺麗な地の色が見えてくると、それなりに面白みを感じてきた。

外した部品の中には、トンカチのようなものも見える。

「それは何」

ジャンが、その小さなトンカチを取って、鉄の棒に打ち付けると、小さな鉄琴のような、ポーン、という可愛《かわい》い音がした。

アキオが鉄の棒を指しながら、「これはチャイム。この時計は、十五分ごとにきちんと音が鳴るようにできている。でも、そのチャイムのゼンマイの、逆回転を止めるための部品が二つとも欠けていた。本当だったらオリジナルの部品を尊重して、元の部品をなるべく使うんだが、これらに関しては折れた位置も悪かった。だから、どこもなかなか修理ができなかったんだろう」と言う。

「え。壊れた部分ごと、ごっそり交換ってできないの」

きょうびの電化製品だったら、中身のユニットごと交換して、すぐに戻ってくる。時計の修理もそうだったら楽なのに。

「例えばだ。藤子の右の靴に穴が空いた。右の靴だけ新品にする。どうだ」

ちょっと考えてみる。なんだか変な心持ちがする。

「そうだろ、たぶんうまく歩けない。時計も同じだ。機械式時計の修理というのは、一部分だけを交換してハイ終わりではない。一カ所直しただけだと、そこだけバランスが狂う。バランスが狂うと、もう歯車が動かなくなったりする。時計は全体で時を刻むんだ、できるだけ元のものを使えば、全体のバランスも崩れにくい」

なるほど、と思う。

「でも。部品の替えってどうするの。この時計を作った会社、もう無いんでしょ。名前だってわからないし」

それなりに名のあるブランド物だったら、在庫がどこかにあるのかもしれないが、無銘なら部品の探しようもない。

「もうこの部品そのものはないだろうから、現存する部品で合いそうなものを探すか、新たに旋盤《せんばん》で作る。ジャンの家には、これに合う予備の部品がいろいろあると思う」そこからアキオは母国語に切り替えて、ジャンに何か言った。ちょっと考えるような雰囲気になりながら、頷《うなず》いて、「はい、あります」とジャンが言う。

「とりあえず、部品が届くまでチャイムと時報は後回しだ」

アキオが時計の木目をそっと撫《な》でている。

「愛らしい時計だ。無銘だけれど、ドイツのキンツレのものに少し似ている。たぶん同年代のものだろう」

「なんで、持ち主は捨てちゃったんだろう」

「持ち主がお亡くなりになったのか、何か事情があったのか……。まあ、置き時計を修理できる所も減ってきているのもあるし、部品もなかなか手に入らないからだろう」

ああ、と思う。今は、この時計が一般的だった昔とは違う。買おうと思えば、きょうび、時計なんて百円均一の店でも買える。修理にはこのとおり、いろいろと手間もかかるし、部品だってあまりない。そうやって修理する人も減っていったのかもしれない。

アキオはアンティークの時計をたくさん修復してきたと言っていたけれど、よくこんな地味で細かい作業を続けてこられたなあと思う。

持ち方を習い、変形してしまった穴を先が三日月型になったたがねでコンコン叩く。

「トーコ、つよい」「そんなに叩く奴《やつ》があるかもっと繊細に」「よわい」「もうちょっと強く」「トーコつよいあぶない」と右と左から言われる。手伝われながら、ようやく穴が全部元に戻ったときは、もうぐったりしていた。

簡単なおにぎりで遅目の昼食にする。肩や首が凝って痛い。

食べ終わると、作業台の上に、手際よくジャンが歯車を並べていく。アキオもチェックして、うむ、と頷いた。

「じゃあ、今から元通り組むぞ」

「今から組むの？　再来週くらいで良くない？」

「この時計は、藤子の手によって再び動くのを待っているんだ。今、このときも。――藤子、時計の声を聞け」

アキオが厳《おごそ》かに言う。

「もうそろそろ昼寝しようぜって言ってる」

「言ってない」

今から分解と逆の作業をすると考えただけで、うへえ、となる。

でもまあ、一つずつ磨いた部品を組み上げていくのは、パズルみたいでまあまあ面白い。アキオの解説を聞きながら、歯車を並べ、カムを入れ、一つ一つ元通りにしていく。「油を差すぞ」というので、どこに差すのか、やり方を教えてもらった。途中、アキオとジャンが歯車を動かして、並んだ歯車がちゃんと連動して動くかを確認している。

ジャンがフリーハンドで機構や歯車の絵を描《か》き、ポイントになるところを強調してくれるのだが、絵が実に上手《うま》い。

「時計師は、機構の図を描ける人が多いし、絵が上手い人も多い。たまに描けない人もいるが」などとアキオが言う。

ジャンが、ぐるぐると、バネみたいな部品と輪っかのような物を描いた。なんだか、形がコマに似ている。これが吊《つ》りテンプというものらしく、時計の中ではとても大事な部分なのだという。精巧な図で、時計のどこに入れるか、どうやって入れるかのコツを描いてくれている。

「じゃあ、今、言ったとおり、最後にこの吊りテンプを、滑り込ませろ。繊細にだ、繊細に――」

ふたりに言われるままにここまでやってきたけれど、これでもしも何も起こらなかったら、今までの作業全部やり直しなのかな、と思い憂鬱《ゆううつ》になった。もうちょっと、外して交換、ハイ終わりOK！　みたいな軽いノリを想像していたからか、こんなに手を汚して、労力をかけて結果がだめだったら、正直もう修理はいいや、と思う。壊れたらもうスマートフォンでいいし、なんなら時計など百均で買えばいいのだ。

わたし、修理とか本当に向いてない。などと思いながら、藤子は吊りテンプを、時計の上部に近づける。

「トーコ気をつけて」

ジャンがいつになく真剣な声で言うので、余計に緊張して、腕を引っ込めた。

「ジャン、これ、代わりにやる?」と聞くと、ふたりして大きく首を横に振り、「トーコが」「何を言う藤子がやらなければ」「トーコやりましょう」と何度も言われる。

「ほら」とアキオに促されて、吊りテンプを、そっと時計の機構に近づけていく。引っ掛かりそうになったものの、なんとか収めることはできそうだった。ねじを締めて固定する。

なんだよこれ。やっぱり、何も起こらないじゃないか。

――チク、タク、チク、タク。

音がする。

アンクルとテンプがちらちらと左右、左右《ひだりみぎ》と細かく動いている。チク、タク、チク、タク……その規則正しく、確かな動きを前に、藤子は、少しも動けなくなって、瞬《まばた》きさえせずに、ただその様を眺めていた。

――左右、左右。チク、タク、チク、タク。

時計の音が、心臓の音に重なっていく。

〝時を刻む〟という言葉の意味を、いま初めて知る。

「動いた……」

テンプから目を動かさずに言う。役割を与えられた部品たち一つ一つが、組み合わさって見事な連携で動いている。叩いて直したホゾ穴も、磨いた歯車も、再び自らの役割を果たすために懸命に動き始める。持ち主に、正しい時刻を教えるというためだけに。

「動いた！」

ようやくジャンもアキオも、その瞬間を、じっと静かに見守ってくれていたことに気がついた。

「おめでとう藤子。この時計は、この世に再び生まれた」

「トーコ。じょうずです。時計はうつくしい機械」

両手をバンザイの形に高く挙げると、右手をジャン、左手をアキオが勢いよくハイタッチした。

「この子はわたしが産んだ子だ！」

機構をケースに戻し、正面にして針もつけた。そっと時計を撫でる。別物みたいに綺麗になった時計は、心なしか笑っているようにも見える。デジタル時計や、スマート時計全盛期の今、ジャンとアキオは何が楽しくてこんな機械式時計ばかりいじっているんだろうと思っていたけれど。ようやく、わかりかけてきたような気がする。

機械に、命を、吹き込む。

なんてワクワクする瞬間なのだろう。

ジャンとアキオにも、きっとそんな、初めての瞬間があったはずだ。自分の手の中で、チク、タクと時計が時を刻み出す瞬間が。どんな時計職人にも、そして——父にも。

そのときに巻かれたゼンマイは、時計職人の心をも動かし続けるのだ。

時計が、確実に時を刻んでいく様子を、藤子はいつまでも、じっと見詰めていた。

「最初にすれば上出来だ」

「よい時計です」

何か言おうと思ったら、急に、あることをすっかり忘れていたことに気がついた。

晩ご飯。

あたりはもう、すっかり暗くなっていた。よく考えたら、作業を始めたのは朝、遅目の昼食のあと夜の九時まで、何も食べないで作業をしていたのだ。ふたりとも、作業に付き合ってくれている間、一度も休憩していなかったことになる。

「よし今日は……谷中《やなか》のあのアーケードの所の、沖縄《おきなわ》料理にしようか。わたしのおごりで」と言うと、「いきましょう」「泡盛《あわもり》。いいな」ということになった。鍵をかけるときも、ちょっと時計を見る。しっかり動いている。よし。

それからは、ジャンの家からの部品を待ちながら、時計を身近に置いて過ごした。しっかり時刻が守られていることにも驚いて、時計の頭を、よしよし、えらいな、と撫で、じっと眺めてしまう。

かすかな、チクタクという音がするのもいいし、暇になると、時計の裏蓋を開けて、動く機構をずっと眺め続けた。

お客さんに、「あ、アンティークの置き時計ですか。いいですね。お幾らですか」と聞かれたら「いいですよね？　いいでしょう」と店員のくせに自慢げになり、「あっ、これはすみません、非売品なんです。わたしのなんですよ。ついこの前修復しまして。ええ、わたしが」と言う。

こんなに愛着を持ってしまうんだったら、これから修理するにしても、惜しくてとても売れないよな、と思う。

そんなとき、一本の電話がかかってきた。電話なんて珍しい。大体が勧誘だったりセールスだったりするので、何だろうと思いつつ「はい、トトキ時計店です」と電話を取った。

「あの……つかぬことを伺いますが、先日、路上で、捨ててあった時計をお拾いになりませんでしたか」

電話の先は、年配の女性のようだった。その女性は、三澄富子《みすみとみこ》と名乗った。落ち着いた声だった。何だろうと思う。

「ええ、まあ」

「ちょっと事情がありまして。大変申し訳ないのですが、その時計を返していただきたいのですが」

えっ、と固まったまま、藤子は時計を見た。雨ざらしだった木目も綺麗な艶《つや》をたたえていて、拾ってきたころとは見違えたようになっている。

三澄富子は、「事情をお話ししたいので、今から時計店に伺います」と言う。

捨てたものをまた返して欲しいだなんて、いったいどういう事情なのだろう。あの時計は捨てた時点では壊れていた。まだ直したとは言っていない。何かに使えるとは思えない。

時計を拾ったときに、向かいの家のおじさんに、「トトキ時計店の者です」と名乗ってしまっていたことを思い出す。それを聞いて、わざわざ電話番号を調べたのだろうか。

トラブルの気配に、藤子はすぐそばにある時計をそっと撫で、気を静めた。

ほどなくして、その女性、富子がやってきた。年のころは六十代後半か七十くらいだろうか、白髪をきちっとまとめた小柄な女性だ。身なりも品がいい。

「大変申し訳ありません。捨てたものをまた取り戻したいなどと、勝手を申し上げて……」

丁寧に頭を下げるので、なんとなく藤子も頭を下げる。

「わたくしどもを助けると思って、どうかその時計を返していただきたいのです。もちろんタダとは申しません。どうやら、修理してくださったようなので、工賃はおっしゃってくだされば、いくらでもお支払いします」

二十万、と言ってしまっても払ってくれそうな、その真剣な様子に、何事だろうと思う。

「一体、この時計に、何があるのですか」

しばらく、富子は、どう話そうか迷っている様子で、口ごもっていた。

「申し上げにくいのですが。長く使われていた道具などは、魂を持つことがあるというのはご存じであろうかと思います。その時計は生きているのです。生きてわたくしどもに祟《たた》っているのでございます」

時計が、生きている？　たたる？　一瞬、意味がわからなかった。

「たたる？　呪《のろ》いとか、たたりのたたる、ですか？　この時計がですか？」

「ええ。奇妙な話だと思います。でも、本当なのです。一刻も早く供養しないと、今後、もっとひどいことが起こるだろうと」

「まさか、そんな」

富子は、ゆっくりと事情を話し始めた。

「まったく変な話だとお思いでしょう。無理もありません。わたしは姉とふたりで暮らしております。この時計は、もともと姉の時計なのですが、ある日のこと、完全に止まってしまいました。わたしたちは来年、すべての不動産を売却して、高齢者向けのマンションに越そうと準備していたところでした。部屋は姉妹で一部屋のため、荷物はできるだけ減らさなければなりません。時計も、もはやどこへ持って行っても修理不能だということで、どなたかにさしあげるわけにもいかず、泣く泣く処分しました。すると、たちどころに悪いことが続いて。車との接触とか、身内の不幸だとか、身体《からだ》の不調だとかがいっぺんに。あまり変なことが続くものですから、知人に、お祓《はら》いでもした方がいいんじゃないかと言われたんです。どうやらツテもあるらしくて、そこでは撮った写真を送るだけで、無料で鑑定ができるということでした。言われた通り、部屋の電気を消し、部屋の中を十周歩き回った後、精神を統一して、写真を撮ったのです。そうしたら——」

事情を説明するために持ってきたのだろう、コンパクトデジカメの画面を見せてもらう。見れば、部屋を撮っている写真なのだけれども、確かに光の玉のようなものが部屋にいくつも、ぼおっと光って浮かんでいる。二、三枚見せてもらう。

「外の写真ではなく、家の中で写した写真だけに、このように奇妙な光の玉が写っていました。まさか、とは思いましたが、あまりにも変なことが立て続けに起きて、心当たりもあるもので、気味が悪いなと。そのうちに、姉のほうが、この家には何か、人の気配がすると言いだして」

ぞっと鳥肌を立てた。

「わたしも、そういえば何かがおかしいと、家にいると妙な違和感のようなものを感じるようになりました。ふたりとも歳《とし》と言えば歳ですから、認知症の初期症状かと思い、揃《そろ》って認知症外来にも行って詳しい検査もしてまいりましたが、そうではないとのことでした。季節の変わり目ですし、気分の問題でしょうと」

富子は、手元の画面に目を落とした。

「やっぱり、この画像に写ったものを専門家に見てもらったほうがいいのでは、ということで、写真の無料鑑定をお願いしたんです。その方は、月光院《げっこういん》アルテナイ先生という、陰で政界のアドバイザーとしても動いている、日本でも有数の霊媒師《れいばいし》の方なのだそうです。その先生が、電話をかけてくるなり、その部屋は危険だと言って……」

霊媒師なんていう職業が本当にあったのかと驚いた。

「お会いした先生はすごくて……まだなにも喋《しゃべ》ってないうちから、わたしたち姉妹しか知らないようなことを次々にお当てになりました。月の光の千里眼の能力を持つのだそうです。その先生が、最近、家から何かを捨てなかったかと」

まさか。藤子は時計を見た。

「時計を、とわたしは言いました。先生は、見よ、それこそが変異の元凶だと。指さす写真には、確かに時計があった位置にも白い玉が」

見れば、光る白い玉が確かに浮かんでいる。

「先生からは、霊魂を世界一硬い石である金剛石に封じることで、どんな霊障もたちどころに祓うことができるのだと聞いています」

それで時計を返してほしがったのか、と思った。まあ、こうやって綺麗になったことだし、どんな理由があるにせよ、持ち主に時計が戻って、今まで通り大事に愛用してもらえるならば、それはそれでいいことなのかもしれないなと思う。藤子は、捨て犬だと思って面倒を見ていた子犬に、元の飼い主が見つかったときみたいだ、などと、妙なことを連想していた。

「あの、供養って、どういったことをするんですか」

何気なく、聞いてみた。

「時計の念を金剛石に込めるために、お札と共にお焚《た》き上げするのだそうです」

「お焚き上げ……」

燃やす、ということだ。

「え、ちょっと待ってください。燃やしちゃうんですか、この時計」

ええ、と申し訳なさそうに富子が頷く。

ジャンとアキオに教えられながら、歯車を磨いたこと、穴のひとつひとつを、たがねで叩いて戻したことも思い出す。店に行くと、一番に、「おはよう」という感じでコチコチ音がしている。時間が合っているかどうか見て、きちんと動いていることに満足して仕事を始める。店番の合間にも、ちらりと時計を見たら、やっぱり「やあ」という感じで動いている。見ていないときにも、少しも休むことなくきっちり動いている。この時計は、こんな風にずっと前から主人に仕えて来たのだ。藤子の前の持ち主であるこの姉妹にも。

藤子は声を上げていた。

「でも。まだ使えます。この時計はまだ、十分動きます。それでも、燃やしちゃうんですか、こんなに、こんなに元気に動いているのに」声がうわずる。

そのとき、ちょうどジャンとアキオが戻ってきた。アキオが扉を開けながら「藤子、裏蓋の文字のことで話したいことが……」と言いかけて、お客さんがいることに気がつき、

「失礼しました」とかしこまる。

それでも、藤子の顔色を見たのか、ジャンもアキオも、「どうした」という目でこちらを心配げに見ている。

「いや。こちらのお客様が、あの時計、返して欲しいって……」

アキオがわずかに眉根《まゆね》を寄せて、ジャンに通訳した。富子には、こちらのふたりは、時計店の従業員です、と簡単に説明した。ジャンとアキオが椅子《いす》に座る。

「お返しするのはかまいませんが、いったいどういう理由によってでしょうか。理由を伺っても?」とアキオが静かに聞くので、富子に断ってから、かいつまんで今までの話を伝えた。アキオはそれを逐一ジャンに通訳してやりながら、時計を供養のため燃やすというくだりで、一瞬言葉が止まった。それを訳すと、ジャンが目を据わらせた。整った顔のジャンがそうやって静かに黙ると、あたりに突然、静電気が満ちたみたいに、謎《なぞ》の緊迫感が生まれる。

アキオとジャンが何事かを低く話し合っている。

「わかりました」アキオが言う。「率直に申し上げます。お客様は、詐欺《さぎ》に遭《あ》っている可能性が高いと思われます」

アキオ、いくらなんでも率直に申し上げすぎでは、と青くなる。まあ、いきなり月光院アルテナイ先生がどうとか言われて、うさんくさいのはわかるけれど。直球の指摘に、富子も顔色を変えた。

「でも、いろいろな変なことが一度に重なったのは事実なんです。それに、月光院アルテナイ先生は、わたしたちのことも、たちどころにお当てになって、日本有数の有名な霊媒師で――」

「それで信用なさったのですね。まあ無理もありません。ではわたくしどもの話も聞いていただけないでしょうか。わたくしどもは、つい三週間前、スイスから、ここ日本にやってきたスイス人でございます。こちらのジャンは、まだ若いですが、実はそういった不思議な能力を有しているのです。時計の声が聞けるという」

アキオが腕を広げ、ぺらぺらぺらっと滑舌よくまくし立てる様子に、どっちが詐欺師だよと思う。

「もちろんスイスから来たばかりですから、お客様ともお姉様の方とも、確実に面識はありません」と言い、「ジャン？」と声をかけた。

ジャンは、すっと右手を時計に伸ばして、手のひらをかざして何か外国語で言う。それを、アキオが一つずつ訳していく。

「教師」

「几帳面《きちょうめん》」

「生徒」

「退職」

「学校」

そして最後に、ジャンが、すっと視線を上げて、「シズコ・センセイ」と言った。

それを聞いて、富子の顔が真っ青になる。化け物でも見るような目をしながら、ジャンを見ている。ジャンは、その視線を跳ね返すみたいに、怜悧《れいり》な笑みを浮かべた。

「いかがですか」

「ええ……その通りです。全くその通り。どうして、どうやって、姉の名前まで」

「ジャンは、この時計の声を聞きました。この時計は、祟りなどとは全く関係が無く、むしろ持ち主とともに今までの道のりを歩んできた、人生の戦友なのだと言っています。個人的なことを伺ってすみませんが、さきほどのお話には、その供養に金剛石、つまりダイヤモンドを使うとのこと。当然、費用も高額になりましょうね？　例えば、五十万円とか、七十万円とか」

「二百二十万円です」

息を呑《の》む。そんなに供養にお金をかけるつもりだったなんて。お祓いに、ダイヤモンドなんて……

「ジャンがこう申しております。供養の前に、ぜひこの時計をもとあった場所にお戻しくださいと、それだけで怪異はおさまるでしょうと。ちょうど今日部品が届いたので、時計を元の姿でお返しすることができます。完成までに二日いただければと。それでも万が一、効果が無ければ、その金剛石を使う供養でもオパールを使った供養でも、なんなりとお試しになったらよろしいのではと思います。お客様にとっても不都合はないはずです。病気のときでも、別の医者に意見を求めることはあるのですから」

しばらく考えていた富子は、「わかりました」と頷いた。

二日後に時計をお返しにあがります、ということで、話は落ち着いた。

富子の姿が見えなくなるのを待って、藤子がジャンに向き直った。

「ジャン、知らなかった、ジャンにそんな能力があったなんて。どうやってわかったの」

ジャンは、笑みを浮かべて答えない。

「藤子はすぐ表情に出るから、種明かしは後日だ」とアキオに言われて、「気になる、今教えて」というのに、ふたりとも教えてくれない。

ジャンが、何かを思い出したように、持っていた革鞄《かわかばん》を探った。革鞄から、「トーコ。これをどうぞ」と紙袋を取り出して渡してくれた。紙袋は、見た目よりも重さがあった。

その感触から、時計の部品が入っているようだとわかった。

「スイスから合う部品がようやく届いた。これでチャイムと時報も完全に直るだろう。店を閉めたら作業を始めよう」とアキオも言う。

「ありがとう」と受け取りかけてやめ、その手を下ろした。

しんとした部屋の中、時計のコチコチという音だけが静かに響いている。心臓の音みたいに、途切れることなく。

こんなにけなげに動いているのに。

二日後になったら火で焼かれて、燃え残りは不燃ゴミと一緒に捨てられてしまうのかもしれない。

「もういいよ……」急に鼻の奥がつんとなった。「だって、直しても」もうだめだった。我慢していたものが一気に弾《はじ》けた。

壊されるためだけに完全に直すなんて、そんな作業は、自分にはもうできそうもなかった。やめようやめようと思っても、この時計が、コチコチ動いているところに火を付けられてしまう様子が目に浮かぶ。たぶん燃やされながらも、最後の一瞬まで頑張ってこの時計は動こうとするだろう。主人に正しい時間を教えようと。その光景を思うと我慢はできなかった。

「なんだかんだ言って、結局、この時計は燃やされちゃうかもしれない。一生懸命直したのに。まだこんなによく動くのに、今だってこんなによく動いてるのに」

　ジャンがポケットからハンカチを差し出す。「トーコ……」

　どんなに悲しくとも、こんな分厚いシルクのハンカチに涙とか鼻水とかつけたら、あとあと大変そうという庶民の遠慮が出る。しばらくジャンに構われていると、「藤子！」と突然アキオに大声で呼ばれた。「鼻水」顔を上げると、アキオもハンカチを右手に持っているので「ティッシュがいい。日本人なので」と鼻をすすりながら言う。アキオはそのあたりにあった箱ティッシュから一枚二枚さっと取って、そのままティッシュごと鼻をつまれた。

「長らく職人をしているとな、ろくでもないお客に出くわすときもある。それはそれは理不尽な客にだ」鼻をつまんだまま、アキオが訳したらしく、ジャンも小刻みに頷いている。

「でも、俺らには、この時計に、まだしてやれることがある。ほら鼻をかめ、ずるずるしてないで。なんて音だ」

　涙をぬぐって、思い切り鼻をかんだ。

「時計、だいじょうぶです」ジャンが言う。「俺たちがいる」時計を手に、アキオたちは上階へ戻っていった。

　当日、アキオが持つと言った時計を、藤子は「自分で持つ」と言い、荷物を受け取った。

胸の前で、白い紙袋に入った時計を抱え、三人で歩く様子がなぜか骨壺《こつつぼ》を持って歩く様を連想させ、縁起でもない、と思った。富子の家は時計学校の近く、あの時計を拾ったところからはすぐだというので、迷わずに行けた。

縁側のある古い屋敷で、三澄、という表札の隣の呼び鈴を押す。こぢんまりとした庭は、庭木が綺麗に剪定《せんてい》されており、落ち葉一つない。

中から富子が出てきて、頭を下げる。

「わざわざこちらまでおいでいただいてすみません」

中に通してもらうと、時計を袋から出した。

「どちらに置いてあったのでしょう」とアキオが聞く。

「居間です」

居間に通してもらった。いろいろな物を処分したのか、残っている物が必要最小限のために広く見える。どこもかしこもきちんと整頓《せいとん》してある。ジャンは古めの日本家屋が珍しいのか、あちこち興味深げに眺めている。

富子が、電話台のところを指した。

「こちらです」

時計を元の場所に設置して、ネジを巻く。カリカリカリッというその確かな音に耳を澄ませていると、「——何をしているの」と言う声がして、扉からもう一人入ってきた。和服で髪を一つにしている。これが姉のシズコ先生だろうか。その鋭い眼光に一瞬で気圧《けお》された。生徒だったら怖くて、授業の時間中ずっと緊張していただろうなと思う。

「こちら、姉の三澄静子《しずこ》です」と言いかけるのを遮って、「霊がどうとかいうお話はもう結構ですので。お帰りください」と静子先生が静かに言った。

「いえ、わたしは時計を勉強している学生です」と、藤子が説明しようとしていると、突然、音がした。

ゼンマイを巻き終わったアキオとジャンが、時計が見えるように両側で立ち上がる。

キーンコーンカーンコーン、というチャイムの音だ。

学校？

藤子の心は突然、はるか昔の小学校に戻っていた。懐かしいその音。

給食が終わったら、机をごとごと後ろに運んでほうきをかける。掃除道具入れは、埃《ほこり》っぽい臭いがした。誰か男子が廊下を走っていたのか、足音が急にやんで「こらっ」と叱られている。外で、誰かがふざけて縦笛を吹いている音が遠く響く。豊かな学校のチャイムの音が、和音の余韻だけを残してそっと消えた。

「ウエストミンスターチャイムを修理いたしました」とアキオが言う。

「この時計、学校のチャイムが鳴るんだ……」

藤子は驚いていた。

「この曲は、ウエストミンスターチャイム。ロンドンの時計塔、ビッグベンが奏でる鐘の音です。その曲を元にして、日本の学校も同じメロディーのチャイムを鳴らすようになったということを聞いております」とアキオが説明する。

「この時計は、もう部品がどこにもないと聞いていましたが」

ジャンが胸を張って、外国語で何か言う。アキオがそれを通訳した。「〝スイスの我が家は、時計に関しては老舗《しにせ》ですので〟と」

「あら、スイスからいらしたの。それはそれは」と静子先生は言い、いきなり流暢《りゅうちょう》な外国語に切り替えた。ジャンの顔がぱっと明るくなる。アキオもなにか言ったあと、「いえいえ、まったくお忘れになっていません。すばらしいです」と日本語で言った。

「それで、霊媒師というのは、あなたもそうなのかしら」などとアキオに言うので、アキオが「すみません。霊媒師というのは、わたくしどもが直した時計をお返しにあがるための口実でした」と謝った。

「でも、妹の話では、不思議な力により、私のかつての職業などもそのまま当てたと」

アキオは、時計を示した。

「わたくしどもは時計職人です。こちらの時計が、すべてを教えてくれたのです」

静子先生は、じっと時計を眺める。

「ところで、こういった話があるのをご存じでしょうか。第十六代アメリカ大統領だったエイブラハム・リンカーンは、金の懐中時計を愛用していました。ところがその懐中時計には、一世紀余りの時を超えて、中の機構に、秘密のメッセージが彫られていたことが明らかになったのです。それをこっそり書いたのは、リンカーンの時計を修理した、ある時計職人だったといいます。内容は、一八六一年、サムター要塞《ようさい》の戦いの開戦を示す書き込みだったのだとか。その後、別の時計職人の署名も刻まれたり、連合国を支援する証《あかし》であるのか、当時の連合国大統領の名前も書き込まれたりしたそうです」

「なんで、修理しながら、そんなものを書いたんだろう……」

藤子はつぶやいていた。当の持ち主のリンカーンも知らないうちに、修理した職人の手によって、時計の中にそんなものがこっそり書き込まれていたなんて。

「文字盤の裏、それは時計職人しか見ることができない世界ですから。このリンカーンの時計は必ず後世に遺《のこ》るだろうと考えた当時の時計職人が、未来の時計職人に開けられるそのときを思って、何かを仕込んでおこうと思ったに違いありません。未来への、秘密の手紙を」

タイムカプセルみたいだ、と思う。

「まあ、米国歴史博物館に収められた時計は動かすことはもちろん、オーバーホールもしませんから、結果的に、メッセージの秘密が誰にも知られずに、一世紀以上が経《た》ってしまったということです」

藤子は、時計の中身の部品を洗浄したことを思い出していた。何かの手紙やメッセージのようなものがあれば、必ず気付いたはずだ。何もなかった。

「ではこちらの時計、裏蓋の内側をごらんください。手彫りで、何かが彫ってあるのが見えると思います。経年変化で文字が薄くなっていたので、わかりやすいように、染料を少し入れて文字がくっきり読めるようにしました。時計を示す針と二重丸、その二重丸の円周に沿って、それぞれ何か細かくアルファベットと数字がバラバラに書かれているのがおわかりだと思います。このアルファベットと数字に心当たりはありませんか」

ただのランダムなアルファベットと数字の円だ。読もうとしても何も読めないことは確認済みだ。

静子先生も、そのアルファベットには見覚えがあったようだけれど、ただのデザインで、それがメッセージだとは思っていないようだった。

「女子校で教鞭《きようべん》を執《と》っていたときの話になりますが。この時計は、教え子がその昔、卒業時にくれたものです」

「メッセージについては何もご存じありませんか。どなたが書いたものかも」

「ええ」と静子先生は言い、しばらく考えていたようだったが、「いや、いかにもこういうことをやりそうな子のことは知っています」と言って、どこか懐かしそうな顔になった。

「女の子には珍しく、本当にいたずら好きで、いつも叱られてばかりいて。なんというか、台風のようにクラスを巻き込んで何かをやらかしたり。何かと手を焼いていましたから、よく覚えています」

「それでは」と、アキオは、時計の手彫りの箇所を指した。「暗号には、さまざまな方式があると言います。その中には、重ねた二枚の円盤を使ったものも。二つの円盤を回し、位置を合わせて、数字の順番通りに文字を拾って読んでいくと、暗号が読めるようになっているのです。仕組みは単純ですが、解読するのは難しい暗号となるのだそうです」

静子先生が、じっと時計の裏蓋を見つめた。

「この裏蓋のところにも、円盤の暗号と同じように、二重丸と、長針と短針があります。こちら、写真に撮って拡大してみました」ジャンが、鞄から二枚の写真を出した。円盤のように、丸く切り抜かれている。その二枚の中心を重ねながら、アキオが中心を指で押さえた。「ではこの長針と短針を、キーである三時十五分の位置に合わせてみます。ちょうど今ごろですね。この三時十五分という時刻に、心当たりはありませんか」

しばらく考えて、静子先生が言った。

「放課後を示す時間だと思います」

「そして、この1のところからアルファベットを拾って読んでいくと、文字が読めるようになっているのです。SI・N・A・I・NA・RU……つまり、親愛なる静子先生。続きはぜひ、後ほどお読みになってください。面白いことが書いてありました」

静子先生は、しばらく声も出せないほどに驚いているようだった。ただ、瞬きを繰り返している。そっと時計の裏蓋に触れた。その円に並んだ文字を確かめるように、一つ一つ触れていく。

「まったくあの子は、本当に、いつもいつも人を驚かせてばかり……」

「暗号のことはまったくご存じなかったのですね」

「ええ」静子先生は言う。

「〝二十年後に同窓会をきっとやりましょう。先生、そのときにこの時計を必ず〟と、笑ってました」

時計に暗号を書いた、いたずらっ子の学生さんは、今、どうしているのだろう。

「いつも、あの子は肝心なときにいない」

ぽつりと言って、静子先生が、両手でそっと時計を正面に向けた。

「あわて者ですよ。暗号の答えを誰にも教えないままに逝ってしまった。二十年後に集まりましょうって言っていたのに」

静子先生は目頭を押さえる。

卒業記念の時計の裏に託した未来の手紙は、きっといつかの同窓会で発表されるはずだったのだろう。でも、その機会はやって来なかった。永遠に。

いつか会いましょう、と言って人は別れる。誰もが当然、そのいつかは来るだろうと思っている。でも、そのいつかが本当に来るかどうかは、誰にもわからない。

確実なのは、それでも時は流れていくということだけだ。

「この時計はどこにも修理を断られてしまって。残念だけれど、もう処分するしかないと思っていました」

「姉さん、でもその時計は生きていて、たたりが――」

「たたりのはずがないじゃない。あなた何を考えているの」

アキオが、おもむろにデジタルカメラを出した。

「先日見せていただいた、写真の白い光ですが、あれは再現することができます。わたくしどもが、近くに住むカメラの専門家に手伝ってもらいながら撮ったのがこちらです」そう言いながら、アキオが画面を示す。見れば、ジャンが立っている部屋の中、例の心霊写真と同じような白い光の丸が散っている。

「ほとんど同じものが写っているのはわかると思います。これは、霊などではなくフラッシュの光が埃に反射しているためです。先日に見た画像でも、どれも暗めの室内で、フラッシュが自動発光して写ったときにしか白い光は出ていませんでした。わざわざ電気を消させた後、写真を撮らせたのはこのためです。部屋の中を十周歩かせたのも、埃を舞いあげるためかと」

「でも……おかしなことが立て続けに起こって、この部屋に人の気配とかもして」

「こちらの時計の音が聞こえますか。奥まったこのお部屋には、テレビがあるわけでもなく、ほとんど無音です。あまりにも静かすぎる場所は、体内からの音を耳が拾ったりして、逆にストレスに繋《つな》がることもあるといいます」

アキオが時計にそっと指を触れた。

「週に一度ネジを巻く、こういった昔ながらの時計——クロック《置き時計》が、生活の場にあることの素晴らしさは、お持ちの方にしかわからないでしょう」

アキオの言葉に、静子が深く頷いている。

「意識して文字盤を見なくとも、時報やチャイムが十五分おきに鳴ることで、大体、今が何時くらいなのかを感覚的に知ることができます。静かに時を刻み続けるこの音もそう。クロックは、時計の音を通して、その人の人生にそっと寄り添うのです。嬉しいときも、悲しいときも」

十五分を示す、やわらかなチャイム音が鳴った。すっと空間に消えていくような、澄んだ和音だ。

富子が口をはさんだ。「じゃあ、変なことが続けて起こったのは」

「わたくしも、こうは申しておりますが、霊的なものをすべて否定する気はありません。ただ、人間は悪いことが続いた場合、その理由をどこかに見つけたがるものです。そういう人のために、エクソシストが職業として認められている国もあります。

ただ、エクソシストが依頼を受けた中でも、本当に霊的なものが原因だったケースは、ほんのわずかに過ぎなかったようです。それでもエクソシストという職業が成立するのは、悪いことが続いたことに対して理由付けをして、納得し、それを祓うことで精神的に前向きになれる人が、少なくないからだと思います。お祓いという行為自体は悪くはない。ただ──」

アキオはそこで言葉を切った。

「高額すぎるんです。わたくしども時計職人も、ダイヤモンドを時計の素材として使うことはあります。どのくらいのグレードの石を、どのように儀式に使うのかはわかりませんが、儀式としても、値段が高すぎる」

富子はまだ納得がいかないのか、なおも食い下がる。

「そうはいっても、次々と当てたんですよ、わたしたちのことも」

「時計を捨てたことをですね？」

「それもそうですし」

「〝この家から何か捨てなかったか〟と聞いたそうですね、その霊媒師は。それで、時計のことを思い出したと」

ええ、まあ……と富子が頷く。

「考えてみると、〝この家から何か捨てなかったか〟というのは、便利な言葉ですよね。

生活していて、何も捨てない人はいません。一番に思い出す物は、それなりに印象がある物でしょうし」

富子は、何かをじっと考え出したようだった。

「儀式をしても悪いことが続けば、まだまだお祓いが足りないと言えばいいし、悪いことが収まれば、お祓いが完了したと言えばいい。〝あなた困っていますね〟というのは、霊媒師に頼るくらいの人は、たいてい何かに困っているものですから。それに、接触前にターゲットを調べ上げるのは詐欺師の常套《じょうとう》手段です。その霊媒師には、電話を受けて即、相談されましたか」

「いえ……当日は用事があると言って、いったん延期なさいました」

富子はそのまま黙ってしまった。

「では、わたしたちは、このあたりでおいとましましょう。この時計、いかがいたしましょうか。もしも、もうご不要であるならば持ち帰りますが」

静子先生は、時計にそっと両手を伸ばしていた。その表情を見ていると、もう大丈夫だと思った。

「修理はトトキ時計店でいつでも承ります。こちらの――」アキオに少し背中を押された。

「修理士、十刻藤子が、この時計については責任を持って、すみずみまで清掃点検いたしました」

藤子は、いきなりそんな風に話を振られるとは思わなかったので、驚いていた。

「あっハイ、わたしが」

「ありがとう。こんなに綺麗にしてくれて」

静子先生は、別室に行って戻ってきて、「修理代を」と言い、厚みのある封筒を差し出してきた。

「えっ、こんなにもらえません」

「お願い。とっておいて。お祓い代なんかよりずっとずっと安いのだから」

ジャンが母国語で何か言いながら、次々と何かを取っては投げ、取っては投げるような不思議なジェスチャーをしている。アキオも何か言うと、静子先生は一瞬、はっとした顔になり、笑って外国語で何か言った。

最後に、藤子は膝《ひざ》をかがめて、子どもに目を合わすときのように、時計を正面からじっと見つめた。金の文字盤に、飾りのついた長針と短針。コチコチという、かすかな音が確かに響いている。

元気でね。

帰り道、ジャンに聞いてみる。

「さっき、最後に、ジャンたちは静子先生になんて言ってたの」

ジャンが、電子辞典を取り出して、何か調べた。

「〝犯人が、わかります〟と言いました。〝柿《かき》〟の」

「えっ、何、犯人って」

いきなり物騒な単語が出てきて驚いた。

アキオも笑う。

「あの時計には、事件の、犯行の告白が隠されていたんだ。柿事件の」

「柿事件？」

「——柿を食ったのは私です　よし子——と。どうやらよし子さん、誰もいないすきに学校の柿の木に登って柿を全部取り、子分にも投げ与えてたらふく食べたらしい。学校の柿が突然、全部無くなったので当時、大問題になったと」

制服姿の女の子が猿みたいに木に登り、ぽーんぽーんと柿を取っては投げ、取っては投げする姿を想像して笑ってしまった。たぶん、静子先生の雰囲気から言って、名門女子校だったりするのだろう。昔にもそんな学生さんがいたなんて。

そこまで思って、あの時計のたどってきた時間を思った。若くして亡くなってしまったであろう、よし子さんのことも。いたずらっ子みたいな目をして、暗号を考え、書き込んだんだろうな、と思ったとき、あの時計を拾って修復できて、本当に良かったと思えた。

それぞれ、同じようなことを考えているのか、三人とも少し黙りがちになりながら、駅までの道を行く。

「今日のご飯は——」と藤子が言うと、ジャンもアキオもこちらを見た。何にしようか考える。ジャンもアキオも笑って、じっと答えを待っている。「チーズ入りハンバーグにしよう」と言うと、子どもみたいに喜んでいる。

そこでめでたし、めでたし、という気分のはずだったのだけれど、この話にはまだ続きがある。

日中、ジャンとアキオはいつものように、彫金や刀の鍔《つば》の部分といった、日本の伝統技術の研究に出かけて行ったようだ。その日も暇な日だった。暇な日でも一番暇な時間帯、春の気持ちのいい日、眠気も襲ってきて、頭がかくんかくんしてしまう。

誰かお客が来た気配がして、慌てて白目になっていた目を戻した。

「藤子、いま明らかに寝てただろ」

アキオが店に入りながら言う。ジャンも笑っている。珍しく、今日はふたりとも揃いの真っ黒のジャケットを身につけている。ちょっと毛足が長い素材なのも珍しい。ふたりして、何やら頑丈そうなアタッシェケースを提げている。

「違うよ、ちょっと時計についての考え事を。脱進機とかね」と澄まして答えた。「ところで、今日何かあったの。ふたりして、黒い色のジャケットなんか、珍しいと言えば珍しいような。それに、何その鞄」

「いや。多分、今日が一番、可能性が高い日だと思って」

「何の可能性？」

ふたりして、椅子に腰かける。

「お祓いが突然キャンセルとなる。手に入るはずだった金は入らない」アキオが言うと、ジャンがそばにあったメモに車を描いて、ぼうぼう火を燃やした。やはり絵がうまい。

「〝ひのくるま〟を習いました」

「霊媒師の素性はあらかた調べてある。次のカードの支払い日が月末だとすると、金策に走り回って、それでもどうにもならなくて、あとはもうカード破産するしかない。破産ともなれば、今までの嘘《うそ》はみんなばれてしまう。生き神さまのくせに、家計が火の車で破産なんて目も当てられないだろ？　他人のアドバイスより、まず自分とこの家計だろって。で、怒りの矛先は、どこに向かうかというと――」

ふたりとも、同時に人差し指で床を指した。

「ここ？　うち？」

「その通り！」

アキオが面白そうに言うが気が気じゃない。まあ、時計の呪いを解いたのは他でもないアキオとジャンだし、トトキ時計店の店員だと言ってあるのでそれはそうだろう。それでも、そんなあやしい人からの恨みはちょっと遠慮したい。嫌な予感がしてきた。

そんな話を聞いたからか、どこからか、じっとりした視線を感じるような気がする。

「ちょっとやめてよ、そんな妙な話——」

言いかけて、藤子はそのまま固まった。窓の外から右半身だけ出して、こちらをじっと見つめている目と目が合う。ほとんど白塗りに近い化粧、艶のない真ん中分けの黒髪を腰まで垂らしている女の人だ。大きめのカラーコンタクトをしているのか、白目が極端に少なく、黒目が大きいのもなんだか目が離せない。唇には色は無かった。

窓越しに、まっすぐにこっちを見ている。顔の右半分だけ出して。

「噂《うわさ》をしていたら、ちょうどいらしたようだ」

止める間もなく、アキオとジャンが、にこやかに扉を開けて「いらっしゃいませ」と、霊媒師を店に招き入れる。

それを合図にしていたのか、窓の外、店の周りを屈強な警備員たちが取り囲んだ。

入ってきた霊媒師からは、奇妙な匂《にお》いがした。今まで嗅《か》いだことのないような、香水のようなお香のような。若いのかと思いきや、顔を見ると、影の付き方から、結構な年齢なのがわかった。ブランド物の鞄に、瘦《や》せて骨張った腕には文字盤のところにダイヤがついた、高価そうな時計をしている。

うちの店には来ないタイプだな、と思いながら、藤子も「いらっしゃいませ」と言った。

霊媒師は、ほとんど瞬きをしない。

いらっしゃいませ、と言ったあとに、もう一回いらっしゃいませ、と言うのも変なのだけれども、霊媒師は目を見開いて、じっと藤子だけを見つめている。

「これはこれは。こちらまでご足労ありがとうございました。さて、本日はどういったご用件で」アキオが慇懃無礼《いんぎんぶれい》にいなす。「どうぞおかけに」

椅子を勧めるも、霊媒師はそのまま仁王立ちになって動かなかった。

ジャンとアキオが揃ってカウンターに座る。

仁王立ちのまま、女が、店の左隅！　右隅！　左奥！　右奥！　と、ナイフで切りつけるように黒目だけを動かす。

「この空間は、呪いにみちている」

「確か、ダイヤモンドが魔除《まよ》けになるというお話でしたか」アキオが応《こた》えた。

「金剛石は清浄なる月の光を宿す。この地の呪いは、おまえら三人を、この店もろとも地獄の火焰《かえん》で焼き殺すであろう」

「お店に、Diamant《ダイヤモンド》があります。たくさんです」ジャンがにこやかに言う。

「呪われよ邪悪なものどもめ」

「そうそう、ダイヤモンドでしたら、こちらのコレクションはきっとお気に召すと思います。よろしければご案内いたしましょう」

ジャンとアキオが、同時に、カウンターの上で二つのアタッシェケースを開くなり、まばゆいばかりの光が溢《あふ》れた。

イクラ弁当。

豪華なイクラ弁当。みっしりとイクラが敷き詰められていて白飯は見えない。で、そのイクラ一粒一粒を、大きさそのままに全部ダイヤモンドに変えたみたいな。自分でも何を連想しているのかわからないけれど、とにかくぎっしり詰まった、すさまじいまでの光のきらめき――

何かに例えたいけれども、良いたとえが見つからなくて焦る。こんな眺め見たことない。アタッシェケースの中に並んでいたのは腕時計だった。一つのケースは六本ずつ、全部で十二本。ぱっと見て、時計だと一目でどうしてわからなかったのかというと、うすく発光して見えるその物体が、びっしりと、本当にびっしりと文字盤もベルトもすべてが大粒のダイヤモンドで埋め尽くされていたからだ。

見れば見るほど、針以外は地の金属が全く見えない。文字盤だけでなく、時計のベルトまでもが全部、複雑にカットされたダイヤモンドで、全ピース揃ったパズルみたいに整然と埋め尽くされている。しかも、使われている石自体のグレードも素晴らしいのか、どの角度からも青、赤、黄の小さな光が反射し燦然《さんぜん》とまたたき、角度にしてたったの一度動いたとしても別の石が次々に光を捉《とら》える。そのあたりだけスポットライトに照らされているように明るく見える。

「こちら、ハリー・ウィンストンのハイジュエリー・タイムピースのコレクションを、一ダースまとめてお持ちしました」

いつの間にか白手袋をはめた手で、アキオとジャンが一つずつ時計を手に持って示している。

「こちらはハリー・ウィンストン プルミエール36ミリ バゲットダイヤモンド……使われたダイヤは四百六十二個という世界限定モデルでございます」

ダイヤの時計と言うより、時計がダイヤだ。アキオの差し出している時計は、凝ったカットのダイヤモンドが、一ミリのすきまなく、文字盤に同心円を形作って整然と並んでいる。集めたときにきちんと文字盤の円になるように、一つ一つ計算されてカットされ、寸分の歪みも無いように磨いてあるのだ。何か、聖堂とかの聖なる光を残らず網で集めてきて、魔法の力で時計の形に丸く固めて作ったみたいだ。

一方、ジャンの持っている時計もすごくて、一粒だけでも何カラットあるのかわからないような大粒ダイヤが六列、整然と連なり、幅広い光のベルトのように並んでいる。中央の文字盤の部分には、カットを違えた四角いダイヤモンドが敷き詰められており、それをジャンが手首に当てて見せると、光が手首で帯となって、たゆんたゆんと揺れながら七色にまたたいた。

「そしてこちらは、ハリー・ウィンストン シグネチャー7、使われたブリリアントカットのダイヤモンドは全部で四百二十八個、手首を飾るダイヤモンドのきらめきは付け心地もすばらしく、世界を魅了するモデルと言えましょう」

しかしジャンは、こんなダイヤの時計にも負けずに、似合ってしまうのが、さすがにただ者ではない感がある。

ちょうど斜めにさしている光が、ジャンとアキオの頬にも七色の反射光をうつす。

ふたりとも手首に時計を当てて示したまま動かない。

なんでわざわざ黒いジャケットなのかと思ったら。

ダイヤモンドの光を際立たせるためだ、と藤子にもわかった。

さすがにそんなものは見たことがないのか、霊媒師も一瞬、素の顔に戻っていた。

「で、ご用件はなんでしたか」

「えっ」

動揺した顔は、さっきまでのペースを失い、普通の中年の女の人に戻っていた。

「三澄家にはたしか、生きている時計の呪い、とおっしゃったそうですが。わたくしどもはギロチンの血を浴びた時計ですら修復してきておりますので、数十年規模の呪いなど、まあ、誤差程度でございます」

アキオとジャンが時計をケースにそっと置くと、にこやかに外に誘導して扉を開ける。

「それではまたのご来店を」

ジャンも霊媒師に向かって、唇にだけ薄く笑みを浮かべ、外国語で何か言った。それをアキオが通訳して伝えると、白塗りの化粧の上からもはっきりわかるくらい血の気を失って、足早に出て行った。

外で、捨てぜりふのように「呪われよ！　呪われよボロ時計店！」と金切り声がしたが、警備員の手により扉が閉められた途端、静かになった。

アキオが腰に手を当てて、ふう、と息をつく。

「しかし、ダイヤモンドは本当に魔除けになるものなのだな。知らなかった。なんでも試してみるものだ」

「ハリー・ウィンストン、ハイジュエリー・タイムピース。うつくしい時計です」

「美の力だ」

などという会話を聞きながらも、目の前でまばゆく輝いている一ダースの時計が気になって仕方がない。全部が全部、ぎっしりと、脳の理解がおいつかないくらい全部ダイヤだ。目から受ける光の圧がすごい。

「ジャン、ところでこの時計、何……」

「ハリー・ウィンストン、ハイジュエリー・タイムピースのコレクションです。クオーツの時計、僕の家から持ってきました」

藤子もハリー・ウィンストンは聞いたことがあった。

「あっ、そうだハリー・ウィンストンって聞いたことがある、芸能人が結婚指輪で見せる、あれだよね？　時計も作ってたんだ……」

その指輪一個だけでも、たしか、ものすごい値段がしていたというのに、ダイヤが一本に四百個とか使われている時計なんてもう、想像もつかない。

「ダイヤモンドの質に定評のあるハリー・ウィンストンの時計だから、石自体のグレードも最高峰のものだ」アキオが厳かに言う。

「トーコ。これどうぞ。来週、Wedding Party に」

ジャンが、ハリー・ウィンストン　プルミエールのバゲットダイヤモンドのものを出して、そのまま手首に当ててこようとするが、あまりの光に、「いやいい、大丈夫大丈夫見るだけ見るだけ。見るだけでいい」とうろたえた。

来週末は、幼なじみのお姉さんの結婚式がある。縁あって披露宴には三人で出向くことになっている。「そうそう、それレディースだから」と、ふたりして言うのを押しとどめる。そんなのつけて外に出たら、歩くのも気が気でない。

「ちょっと待って、これ全部、わざわざ魔除けのために？」

ジャンは余裕の笑みだ。

「〝ダイヤモンドが魔除けになるというのならば、それは僕の家から世界限定のコレクシヨンを持ってこないことには〟ってジャンが」

この子はやっぱりとんでもない。

まあ、まさしくダイヤモンドの光で、霊媒師さえ素に戻っていたし。本当にダイヤモンドには魔除けの力があるのかもしれないが、しかしそれにしても。

「ちょいと聞くけど、これだいたい、おいくら万円くらいのものなの」

バゲットダイヤモンドのモデルを指して、おそるおそる聞いてみる。

ジャンに聞いてから、アキオがちょっと頭で計算して、「このバゲットダイヤモンドモデルの一本で、だいたい日本円で八千二百万円くらい」などと言うが、実家から軽く送ってもらう物でもないと思うし、あっさり言ってしまっていい金額でもないと思う。それが一ダース。総額は怖くて聞けなかった。うちのビルに、このコレクションがあるということ自体落ち着かない。

見納めでじっくりその光の瞬きを見たり、ひゃー、などと言いながらそっと手首に当ててみて、ひんやりした重みを堪能《たんのう》した後、元通りケースに収める。そのケースが、ジャンの目くばせによって、警備の人間の手で運ばれていき、ようやく気持ちが落ち着いた。

喉《のど》がひどく渇いていたということに、いまさら気づく。みんなでコーヒータイムとなった。

コーヒーを淹《い》れながらも、藤子は、さっきの会話を思い出していた。

「あ。そうだ。ふたりとも、ギロチンの血を浴びた時計まで修理していたっていうのは本当？」

ジャンとアキオが笑った。「ん。ちょっと盛った」

「でしょう、そうだと思った」

「でも年代としては、そのくらいの物も修復したことはある」

「だってギロチンだよ？」

「おかしくはない。あの王妃マリー・アントワネットに捧げるために作られた時計のエピソードは知ってるだろ。〝すべての複雑機構を備えた、どの時計よりも美しい懐中時計を作れ。お金も納期も不問とする〟という依頼の話を。まあ、その時計——№１６０〝マリー・アントワネット〟が完成する前に、王妃はギロチンにかけられてしまったんだが。その時計を製作した時計職人は、藤子も当然、誰かは知ってるはずだ」

「えーと誰だっけ」

「藤子、時計史の時間も寝ずにちゃんと聞くように。ブレゲだ。かの有名なアブラアン＝ルイ・ブレゲ」

なんだか聞いたことはあるような……

「じゃあその〝マリー・アントワネット〟っていう時計は、今、もしかしてジャンの家にあったりするの」

「ぜんぜんありません」とんでもない、と言うように、コーヒーカップ片手にジャンが笑った。「ほしいです」

ジャンにも、欲しくても買えない時計が、この世にはあるんだなあと思う。

「その時計、〝マリー・アントワネット〟は、ブレゲが、自分の生涯をすべて、この一個の懐中時計に懸けると言った時計だ。ブレゲ自身が亡くなった後も、その構想や遺志は弟子や息子に引き継がれた。ブレゲの死から四年経った後にようやく完成したのがその、№160〝マリー・アントワネット〟だ。その実物は、かつてはエルサレムの美術館に収蔵されていたんだが、一九八三年に盗まれてしまって、どこへ行ったのかも長らくわからなくなっていた」

「今はどうなったの？」

「二〇〇七年にようやく見つかった。ある個人の遺品のコレクションから発見されたらしい。ブレゲ社も、それが本物だと認めたということだ」

では二十五年近く、盗まれた時計は表舞台から姿を消したことになる。いったい、どんな時計だったのだろう。それを盗んだ人はどんな大泥棒だったのだろう。盗まれていた間、どう扱われていたのだろう。美しい女大泥棒が毎晩ドレスで身につけていたりして。

「へえ。どんな時計か、実際に見てみたいな」

「残念ながら、今後、展示などの公開予定はないそうだ」

「そんなの、もう、お値段いくらとかって、想像もつかないな……」

「二百億円とも言われているけれど、どんな富豪がお金を積んだところで、その値段でも手には入らないだろう。歴史的価値、時計としての価値、すべてを兼ね備える、世界で唯一の至宝だから」

藤子は、マリー・アントワネットというその懐中時計が、コチコチと時を打っている様子を想像してみようと頑張ったが、ゼロの数のならびが多すぎてもう、想像すらできない。

日本に来た当日は、トトキ時計店の三階ではなく、ホテルのスイートの部屋へ泊まることとなった。ホテルのコンシェルジュたちも、もう顔なじみなので「お帰りなさいませ」と声をかけてくれる。

ジャンは初日、トトキ時計店を後にして、ホテルまでの道、ずっと沈んだ表情のままでいた。一言も話さずとぼとぼ歩き、部屋につくなり、しおれた花のようにベッドに倒れ込んで小さく丸まる。

しばらくそのまま、死んだようにじっとしていたが、「子どもだと思って、油断できるのもいまのうちだ……」などとつぶやくので笑ってしまった。

ジャンが会うなり藤子に告げたのは、それはそれは熱烈な愛の言葉だった。もう、一篇《いっぺん》の詩だった。やろうと思えば毎週でもプライベートジェットを飛ばして通えるのだろうが、父上にばれたらもう日本行きは止められるので、おおっぴらには動けない。ずっと会いたくて、でも連絡したらもう学業がおろそかになるのはわかっているので、とにかく我慢して、ようやく会えたという喜びを爆発させる。悲しいかなその壮大なる愛の詩は、日本語しかわからない藤子には全く通じておらず、やっと出てきた日本語での渾身《こんしん》の「だいすき」も、タイミングのいたずらで、「たこ焼きだいすき」としか聞こえない結果となってしまうありさま。

これではらちがあかないと考えたのか、藤子が夜間、時計学校に行っている曜日に、ジャンは日本語を勉強したいと言い出した。

この兄に習えばいいものを、先生も見つけてきたらしい。大学の非常勤講師の若い男で、教え方にも定評があるという教師とコンタクトを取って、曜日も月謝も決めてきた。

プライドの高いジャンだ、習っているときに見られると気が散る、というわけで、三時間だけ、つかの間の自由を得られることとなった。日本で、ジャン抜きで行動することはなかったので、新鮮な感じがする。

兄役として、こうやってジャンの面倒を見てきた自分も、ジャンが日本語を覚え、成人するころになれば、そろそろ兄役は卒業することになるだろう。

三時間というと、あまり遠出はできないので、必然的にすずらん通りの近くで飲むことになった。トトキ時計店の、ちょうど反対側の端《はし》であるすずらん通りのはずれに、いいバーを見つけたので、最近はずっとそこに落ち着いている。

その店は、大きな太鼓にORSOと書いてある一風変わった店で、店には、壁一面に聖堂のペン画が描かれている。緻密《ちみつ》なタッチで、時計の機構のような歯車も描かれており、見入っていると、〝その絵には、ボトルが七本隠されていて、全部見つけると願いが叶《かな》うんですよ〟と、隣の客が教えてくれた。いっぺんでその店が好きになった。

店主が、目の前のカウンターでユズを二つに切ると、細かい金の滴が舞って、柑橘《かんきつ》のいい匂《にお》いがあたりに立ちこめる。店主とのやりとりも好きだけれど、目の前でこうやって絞って作ってくれるカクテルが実に良い。たまに、強面《こわもて》の紳士が、苺《いちご》をていねいにつぶしたカクテルを美味《うま》そうに飲んでいたりする。何か食べたいと言えば、コンロでリゾットを作ってくれたりもする。狭い店だけれど居心地がよく、外国人もよく来る。

今日はまだ一人なので、ユズを搾《しぼ》ってもらったジンを片手に、さて何をつまもうかと考えていたところだった。例の時計騒動の後、藤子の父のことを聞き出そうとする不審な電話があった、と忠告してくれたのもここの店主だ。やはり、あの詐欺師《さぎし》は事前に詐欺のネタを仕込んでいたらしい。

ジャンが、詐欺事件のとき、トトキ時計店にやってきたあの詐欺師に薄く笑いながら言ったのは、ある地名と、「実に良いところにお住まいですね」という挨拶《あいさつ》だ。その挨拶だけで、あの詐欺師が誰にもひた隠しにしてきた本名と住所、素の姿はもうすでにおさえてあるという牽制《けんせい》にはなっただろう。

あの詐欺師も、数々の人間を手玉に取ってきたからこそわかるはずだ。このにこにこしている細身の少年が、十代とまだ若く、日本語は片言で、外見だけは愛らしくありながら、その実、間違いなく急所を狙《ねら》って喰《く》らいつき、息の根を止めるまで攻撃を休めることのない、獰猛《どうもう》な一面を持つことを。小さな獅子王《ししおう》、悪童の異名は伊達《だて》じゃない。

店主は、トトキ時計店や藤子の父の情報を探ろうという怪しい電話の嘘《うそ》に気付き、「店を始めたのがほんの数年前なので、トトキ時計店のご主人とは、一度も会ったことはありません」と、ぼかして答えたそうだ。藤子の父親が亡くなったのは六年前。すぐそばの近所にいながら、会っていなかったとしても、不自然ではない。

店主の機転はありがたかった。霊媒師《れいばいし》に、藤子の父が海で変死していることを知られたら、きっとそのことを利用して怨念《おんねん》がどうとかたたりがどうとか、騒ぎたてるに決まっていたからだ。身近な人間の死には、誰しも負い目を感じたり、後悔があったりする。急所を突いてくるのは詐欺師の常套《じょうとう》手段だろう。

「でもまあ。会ったことはないっていうのは嘘で、実はお会いしたことはあるんですよ。一度だけですが」と店主が言った。「時計店のご主人、この店の前で倒れていて」

「それは六年前で間違いありませんか」と聞くと、店主は不思議そうに頷《うなず》いた。

手帳を見て確認しても、オープン一周年記念の日だったので、六年前に間違いないとのこと。もしかすると、失踪《しっそう》直前の父親の様子がわかるかもしれない。

「すみませんが、もし、覚えていることがあったら何でも教えてくれませんか。どんな小さなことでもいいんです」と頼んでみた。

店主はしばらく天井の隅を見て考えていたようだったが、ようやく当時のことを思い出したようだった。

「いや、十刻さんの旦那《だんな》さんを起こそうとしたら、泥酔して何かつぶやいていて」と、そのすぐ後に失踪、海で事故死したということを思い出したのか、しんみりした顔になる。

「でも、外国語だったので驚きました。日本語じゃなかったんですよ」

「外国語……何語でしたか。どんなフレーズだったか覚えていませんか」

「英語じゃないというのはわかりましたが。詳しくは」と言うので、それなら仕方がないと、ジンを一口飲んだ。

「あ」店主が言う。「そうだ、あのとき、一緒に介抱してくれたお客さんがいて。その人がカナダ人だったんですよ。もうカナダに帰っちゃったみたいですけど」

もしも、藤子の父親が、外国語で何を話していたかわかったらと思ったのだけれど、帰国したというのなら、難しいだろう。

「SNSではまだ繋《つな》がってるので、聞いてみますか」と意外なことを言い出した。しばらく待っていると、店主が「あ。来た」とメッセージを見せてくれた。

「彼が言っていたのは、〝先生、必ず助けます〟というフレーズでした」

店主に断って、代わりに英語で入力させてもらう。

それによると、驚くほどに流暢《りゅうちょう》なフランス語で、〝先生、必ず助けます〟と繰り返し言っていたのだという。腕を摑《つか》んで放してくれなかったので、そのときのことはよく覚えているという。〝先生って誰《だれ》ですか〟とフランス語と英語で聞きかえしても、一方的にフランス語で〝先生、必ず助けます〟と繰り返すばかりだったのだとか。

「どうしました？」

「いや、なんでもない」

そう言ったものの。

頭の中は疑問でいっぱいだった。

藤子の父親は、娘の学費を持ち逃げして、冬の寒い海で、自ら命を絶ったという。

藤子から聞いていたのは、アルコールに溺《おぼ》れ、無軌道な生活をしていた父親像だった。まったく家庭をかえりみることもなく、工房を別に借りて、ほとんど別居生活をしていたのだという。藤をモチーフとした超絶複雑時計を作るため、その工房にこもって十何年も時計だけをいじって暮らし、創作の深淵をのぞき込みすぎたあげく、ついにはアルコールで精神を壊した。

藤子の父親が言う、「先生」とはいったい誰のことだったのか。死ぬ前に、誰を、どう助けようとしていたのか。フランス語で話していた意味は――

第二章　生命の樹の時計

店の入口に置かれた、冗談みたいな大きさの、鉢植えの木。

植木鉢というよりは、藤子が入れそうなほどの巨大な壺《つぼ》でできていて、中には土がみっしりとつまっている。それでも盆栽のように、美しい枝振りの松とかだったりしたらまだいいのだろうけれど、見たこともない珍妙な木が植わっている。ひょろっとした幹に、バランス悪く、丸い葉っぱがぎっしりとついている。

藤子が、身体《からだ》を斜めにして体重をかけ、押したり引いたりしても、やっぱり動かない。あの兄弟が帰ってきたら、なんとかして三人で動かそうと思うのだった。それまで邪魔でしかたがないが、我慢するしかない。お客も少ないこの店、なんという営業妨害……鉢植えのこの木が、どうしてトトキ時計店の玄関先に、でんと置かれているかというと、今朝あったある騒動のせいだ。

＊

トトキ時計店の外壁には、花時計がある。壁一面に設置された植木鉢に、いろんな花を同心円状に植えつけてあるというものだ。藤子はまめに水をやったり、花がらを取ったりして、壁を綺麗《きれい》に保っていた。この花を眺めるのを楽しみにしているお客さんがいるからでもあるし、通学路として、店の前を通る子どもたちも、「咲いてる」「しぼんでる」と楽しみにしているようだった。藤子自身も、花を見ると心が落ち着いた。

今朝も、枯れた茎をつんだり、落ちた葉を掃いたりして開店の準備をしていると、「とーうこちゃん」と嬉《うれ》しげに呼ばれた。呼ばれ方が、保育園児のころから変わっていない。呼んだのは幼なじみの幸多朗《こうたろう》だった。「幸せ多く、朗らかに」とつけられたその名前の通り、二十代真ん中の今も、変わらずにこにことしている。下がり眉《まゆ》は保育園のころからまったく変わっていない。

学校なんかでも、たまに、ヒステリックな先生に意味なく怒鳴られるようなことがあるだろう。でもこの幸多朗に関しては、激怒している先生も、ふっと毒気を抜かれるのか、「まあ……それならしょうがないわねえ」などと言いながら、怒るのをやめるような雰囲気をしている。

誰《だれ》かから、やっかまれる程度の美男ではないところもポイントが高い。親しみやすいせいもあって、上からは何かと可愛《かわい》がられ、下からは親しまれ、同級生からも人気があった。クラスの男の子の中で、誰がいいと思うか、という女子の話では、一番には名前はあがらないけれど、話の最後くらいには、「そういえば幸多朗くんは?」みたいに名前があがり、耳年増《みみどしま》「私もいいなと思ってた」「わたしも」「実はわたしも」と続くことがよくあった。

な子が、「ああいうのが、母性本能をくすぐるタイプって言うのよ」なんて言っていたけれど。

何かに似ていると、ずっと思っていたのだが、急に思いついた。「地方にいる、まあまあ人気のある、ゆるキャラ」だ。ちょっと離れ気味の目の位置のせいだろうか、のんびりした雰囲気のせいだろうか。

金持ち喧嘩《けんか》せず、という言葉があるけれど、幸多朗が怒って、だれかと喧嘩をしたところなんて今まで一度も見たことがない。まあたしかに、お家《うち》は事業をやっているからか、金銭的にも気分的にも余裕がありそうだった。

しかしながらこの幸多朗、ひとつ大きな欠点がある。皆から親しまれ、愛されるという、こんな育ちだからなのかもしれないが、大きな欠点が。

まず、知っているだけでも楽器製作。それからアニメーター、それから美術の先生、それからカフェの経営、その後古着屋、ひよこ鑑定士、まだある古本カフェ、小料理屋、樹木医、ギャラリー兼バー、コーヒーインストラクター、輸入業……。どれも幸多朗がやろうとして途中で頓挫《とんざ》したものだ。まだまだあるのだろうけれど、噂《うわさ》で知っているだけでもこのくらいになる。

息子に「やりたいことが見つかった！」となれば、大喜びで両親はいろいろとお膳立《ぜんだ》てをしてやるのだけれども、このていたらく。なにかやろうとしていないときには、派遣で二ヶ月だけ働いたりして、あとはお金がつきるまで、どこかの南国でバックパッカーみたいに渡り暮らしているということだ。「幸多朗ちゃん、お家ないの？　それなら家においでよ、部屋空いてるし」という女の人も結構いるらしく、あきれて追い出されるか、決定的な関係になるまで――まあ、結婚を向こうから迫られたりするといったことになるまでは、一緒に暮らしたりということもよくあったようだ。

この幸多朗を、実家のおばあさんだけが厳しく叱《しか》りつけていた。藤子がトトキ時計店の店番をやり始めてからもそうだ。幸多朗のおばあさんは店に現れては、「まったく幸多朗はふらふらふらふらといつまでも腰を落ち着けてなにかやる気配がない。なんでもやりとげるには根気が必要なんだ。それをあの子はいつも〝んー、何か違ってた〟〝探していた自分とは違うみたい〟とかふわっとした理由ですぐにやめちまって。何だ〝探していた自分〟って！　幸多朗は紛れもなく千駄木生まれの千駄木育ちだろうが！」と、おばあさんはむやみに血圧を上げるので、まあまあ、となだめたりしていた。

おばあさんは、「あたしゃ、幸多朗が一人前になるまではくたばれねえよ、あたしがいなくなったら誰が幸多朗を叱るんだい。両親も、みんな甘いから幸多朗はあんなになっちまった。だから」そう言いながらいつも、めそめそしながら藤子の手を握りしめるのだった。「あんなふわふわした子は、藤子ちゃんみたいにしっかりした女の子が側《そば》にいてやらないとダメになっちまうよ」などと。

このおばあさんが、女手一つで事業を興して立派な家も建てたのだ、そりゃしっかりしている。そのおばあさんから見れば、孫である幸多朗のふわふわ、ゆるゆる具合は我慢ならなかったことだろう。

そのおばあさんも、肺炎を起こして、この前の冬にあっさり亡くなってしまった。最後まで、孫の幸多朗のことは心配だったろうなあと思う。葬式にも行って、（幸多朗ちゃんのことは、わたしにお任せくださいとはまったく言えませんが。まあ、気にして見ておきます……なので天国でゆっくりお眠りください）と手を合わせた。

でもその当の幸多朗は、うるさいおばあちゃんがいなくなったら、すぐに心地よい実家に戻ってきて、またこのあたりでふらふらし始めた。

定職もないので暇なのか、よくトトキ時計店にも顔を出す。「人生って一回だよね。藤子ちゃん、僕、何か、心震えるような大きなことをやりたいんだー」などと、あいかわらずふわっとした希望を語る。言っていることはご立派だが、心震えるような大きなことって、具体的に何するのと問うと、もう黙るしかないようだった。予定もないので、店にずっといることも多々ある。

そこへジャンとアキオが帰ってくる。

ジャンとアキオも、幸多朗の様子が、どう見ても客のようでもないし、距離も近いので、こいつ誰だという視線でいる。

「こちら、わたしの幼なじみの幸多朗くん。保育園と小学校、中学、高校まで一緒だったの。最近、実家に戻ってきたんだけどね……あっそうそう、こっちは、三階に住んでるクロサワアキオさんとジャンくん。スイスからの留学生の兄弟」と、双方に当たり障りなく紹介しておく。

ああ、これが噂の、という顔をしながら、幸多朗が、「藤子がいつもお世話になっております」と言うと、アキオが「いえいえこちらこそ、たいへんお世話になっております」と、にこやかに挨拶《あいさつ》し、「あっ、そうだ藤子、そういえば冷蔵庫の卵切れてたっけ。俺《おれ》、あとで買っとくから」などと、唐突に買い物の用事を付け足す。ジャンも「トーコ。僕、今日、トーコと料理をつくりたいです」と言う。

アキオが、「藤子の作る卵料理が一番好きで」などと言っている。

「でしょう。僕、教えたんですよ、オムレツとか。ねえ？　藤子ちゃん。ほら、大阪に住んでたときに、部屋で一緒によく作ったよね」幸多朗はカフェを開くため、料理学校にも行っていたのだ。何かと器用で料理もうまく、それで卵焼きのコツなどもよく教えてもらっていた。

「あ、ほら、わたし、大阪に住んでたとき、幸多朗ちゃんも大阪でカフェやりたいって、それで、まあ、偶然、家もすぐ近くだったからさ。偶然」

なんでこんな言い訳めいた感じで言っているのかわからないけれど、とりあえず言っておく。「まあ、幼なじみだし。ジャン、幼なじみって言葉はわかるよね？　ほら、兄妹《きょうだい》みたいな……」

そうですねそれでは、という感じでアキオとジャンが上階に戻っていき、幸多朗もひとつのびをして、さて、そろそろ漫画喫茶でも行こうかな、と腰を上げた。

一人になった店内で、なぜだかどっと疲れていた。


そんな感じでここ数日過ごしていたのだが、話は今朝の謎《なぞ》の木に戻る。

朝、シャッターを開けて、店の壁にある花時計に水をやったり、道の掃除をしていると、遠くからゴロゴロゴロゴロという、何かが転がるような音がする。ふと振り向くと、どこから持ってきたものか、幸多朗が台車を押してきているのが見えた。その台車の上にはびっくりするくらいの大きな鉢植えが載っているのが、なにかの冗談みたいだった。

「とーうこちゃん。おはよう」

「おはよう。それ何」

いつもの、のんびりした声がする。

「ああ。これ。藤子ちゃんにあげようと思って。藤子ちゃん、グリーン、好きでしょ」

幸多朗の人の良さそうな笑みに、ありがとう、とつい言いそうになる。

ちょっと待て。

「いや、まあ花とかは嫌いじゃないよ、でもね」

「ほら。緑の壁があるこのお店に、この鉢植えの木、ぴったりかなあと思って。ちょっといい感じでしょ」

　幸多朗の実家には大きな温室があったのだ。園芸が趣味だったおばあさんがこまめに世話を焼いていた。たぶんその温室の中の木だろう。

「これ、おばあちゃんの木でしょ」

「うん。まあそうなんだけどね。木だって、園芸の好きな人のところに行く方が幸せだと思うんだ。木も幸せ、藤子ちゃんも好きなグリーンが増えて幸せ、僕もみんなが幸せで幸せだよ」

　そうか、それなら、とつい納得しそうになるのをとどまる。

「おばあちゃんの温室の木なのに。勝手にはもらえないよ」

「もう亡くなってるし。温室をつぶして、自転車を改造するガレージにしようと思って。他にあった蘭《らん》とかは、ご近所に配ったんだ。この木はとっておきだから藤子ちゃんに」

　嘘《うそ》だ。もらい手がなかったんだこんなに大きな木。

「無理無理無理無理、置けないよ、ここ、スペースないし」

「そうかな？　玄関先には置けそうじゃない？」

言いながら、幸多朗は台車を傾け、力を込めてぐりんと巨大な鉢を回し滑らせると、玄関に着地させた。

「ほら。いい感じになった。わあ似合う。いいね」

「ちょっと待ってよ幸多朗ちゃん。お店に入るときにも、こうやって斜めにならなくちゃいけないし」

「緑がいっぱいって、いいよね」

本当にいらないから、と言っているのにもかかわらず、「まあ二、三日、様子を見てみるのはどう？　愛着も出てくるかも知れないし、緑があるって、意外といいなあと思うかも知れないよ」そんなことを言いながら、幸多朗はにこにこと台車を押し、手を振って帰って行ってしまった。

斜めに傾いて店に入りながら外を見ると、ただでさえ暗い店内が日陰になって余計に薄暗い。

やられた。このままうやむやで置いていくつもりだ……

生きている木だから、粗大ゴミにも出すのもかわいそうだ。かといって他の人にも、なかなかあげられるようなサイズ感でもない。不要品を売るサイトでもまず売れないだろうし、万が一売れても、どうやって送ればいいのかわからない。公園にこっそり置いていくにしてもこんな巨大な鉢、目立つだろう。

はあ、とため息をつきながらその日は仕事をした。案の定お客さんは来ない。それはそうだろう、入り口のど真ん中に邪魔な木があるのだ。それを斜めになってまで入ってこようとする奇特なお客さんはなかなかいない。

昼過ぎに、木をガサガサ言わせながらアキオとジャンが入ってきた。外国語だけれど、「狭い」「なんて狭さだ」「邪魔」などと言っているのはよくわかった。アキオは体格がいいために、斜めになるだけでは通れず、ねじれて床にしゃがみ込むくらいになっている。ジャンも頭に葉をつけていて、ちょっと森の妖精《ようせい》っぽくなっていた。

「藤子、なんだこの木は……」「通ることが、たいへんむずかしいです」と口々に言う。

「ああよかった。今からちょっとこの木を移動させようと思って。手伝ってよ」

アキオが腕まくりをし、力を込めて壺に手をかけ、とりあえず鉢の位置をずらすも、薄暗い店内は変わらない。かといって道に出しておく訳にもいかない。

「どうしたこの木」

「ああ。幸多朗ちゃんが今朝、無理矢理置いていって」

「あの野郎」アキオが苛《いら》ついた声を出した。ジャンにも訳してやると「あの、やろう」と口ぶりを真似《まね》している。「ちょっと！　ジャンに汚い日本語を教えないでよ」

今日は、ジャンが、「トーコ。どうぞ。フィナンシェ」と本場の発音で言いながら、スイーツの紙包みを出してきた。谷中の店で買ってきたらしい。お客さんもまったく来ないことだし、三人でコーヒー休憩となった。

アキオがジャンの頭の葉っぱをとってやっている。ジャンが、その木の葉っぱをしげしげと眺めた。指先で葉を挟みながら、何かが気になったのか、玄関まで見に行っている。ジャンが木を眺め、「……Lignum vitae《リグナムバイタ》」と呟《つぶや》いた。

アキオもそれを聞いて、玄関まで行き、木をよく見ている。ふたりして、何か言いながらその木をじっくり眺めたり、幹を触ったりしだした。「何、この木。ジャンたちも知ってる木？」

「藤子、この木は、リグナムバイタという特殊な木だ。これがどうしてここに」と、驚いている。

「どうしてここにって、まあ、幸多朗ちゃんのおばあちゃんの温室にあった木じゃないかなと思うんだけど」

「これは、〝生命の樹〟」アキオが、その木の葉にそっと触れながら言った。「この世には、木の時計というものがある」

「木の時計って言うと、この前、わたしが直したような、置き時計とかのこと？」

「そうじゃない。あれは外側は木でも、中の機構は金属だったろ。歯車とか、カムとか、ネジとか。そういった中の機構も、全部、木材でできた時計というものがあるんだ」

「でもさ、木なんかで時計を作って大丈夫なの？　歯車にしてもなんにしても、力もかかるだろうし、木なんてすぐに割れたり歪《ゆが》んだりして、壊れちゃうんじゃないの？」

アキオは首を横に振った。

「一七二〇年代、ジョン・ハリソンが作った木造の時計は今でも三台現存している。その中でも、ブロックルスビー・パークの時計は、三百年間何の注油もせず、今なお正確に時を刻み続けているんだ。時計には、やはりロマンがある」

一七二〇年代と言えば。江戸時代？　赤穂《あこう》浪士の討ち入りとかどうとかの時代だ、たぶん。そんな時代のものが、特に注油もせずに今でも動き続けているなんて。

「ちょっと待って。だってさ、この前直した現代の時計だって、何年かごとにオーバーホールが要るってずっと言ってたじゃない。油も古くなるから、洗浄して新しい油を差さなくてはならないって。そんな、油も差さずにどうやって。キイキイ言って、すぐに動かなくなっちゃうんじゃないの」

半信半疑だ。そんな三百年も昔に、現代よりもすぐれたものが存在することになってしまう。

「Lignum vitae 。すばらしいです」「それがあのリグナムバイタだ」と、ふたりして玄関の木を讃《たた》える。

どう見ても、なんの変哲もない木にしか見えない。その木が、現代の時計よりもすぐれた時計になってしまうとは。

「リグナムバイタとは、世界で一番重い木なんだ」

世界で、一番重いと言われても、もっと、木なら杉とか檜《ひのき》とか有名な木もあるだろうに、ピンとこない。

「同じ大きさに木を四角に切り出すだろ。そうやって比重を比べたら、リグナムバイタが一番重い。水にだって沈む」

「中身が、みっしりつまっているってこと?」

「そうそう。木自体の密度が高い。それだけじゃなくて、時計にはぴったりの特徴がある。リグナムバイタは、摩擦が起きて熱を持つと、自ら良質の油をしみ出させるんだ」

自前で油が出る木があるなんて。

ジャンも、「YAMAHA」と言う。

「そう、木から油がしみ出す上に硬くて丈夫だから、ヤマハ発動機の、船のベアリングにも、このリグナムバイタが長年使われていたらしい。そういうことから、別名アイアンウッドとも呼ばれている。バハマの国木でもある」

いきなりトロピカルな感じの国名が出てきた。バハマの国木がなぜ千駄木に。おばあさんは、そんな重くて油の出る木なんてものを、なんでわざわざ育てようと思ったのだろう。

「それにしても、あの野郎はなんでこの木を置いていったんだ……」などと聞かれるので、幸多朗のいままでのいきさつをいろいろと教えた。温室をつぶして自転車改造のガレージにすることも、幸多朗の行く末を心配していたおばあさんのことも。

ふたりで何事かを話し合っていたが、「この木を、奴《やつ》自身に持って帰らせる方法がある」とアキオが言う。「必ず奴の手で持って帰らせてみせる」

「いや、幸多朗ちゃんは、あんなにふわふわでのらりくらりとした人だけど、それでいて自分の考えは曲げないから、ここに一度置いたらもう何を言われても、絶対に取りに来ないと思う」

「のらりくらり」ジャンが、日本語の響きがなにやら面白かったのか、「のらりくらり……」と繰り返している。

「俺たちに任せておけ」アキオがそう言うと、ジャンが母国語で、どこかに電話をかけ始めた。

「二日後にあの野郎をこの店に呼ぶように」と言い残し、まだちょっと斜めになりながら、アキオたちが上階に戻っていった。

二日後。幸多朗に電話をかけると、「やあ、あの木はどう？ 気に入ってる？」と、まったく気にした様子はない。午後に店まで来るようにと伝えると、無職で暇なのか、「行く行くー」と軽い調子で返事をした。

幸多朗が店に来ると、藤子だけでなく他のふたりも待ち構えているので、ちょっと驚いたようだった。

「やあ。皆さんおそろいで」と、それでも屈託なくにこにこしている。

「今日は、幸多朗さんに見ていただきたい物があります。こちらです」とアキオが言い、ジャンが出してきたのは、一つの懐中時計だった。

わあ……藤子も声を上げていた。

ジャンが大切そうに、布を開いて見せたのは木の時計だ。木の懐中時計。それも見る限りでは、内部の機構も全部、木でできているようだった。ケース、針、歯車のすべてが木。文字盤はなく、時刻を表す数字の彫刻さえも、数字の端がケースの内周にひっついたような見事な彫りで、宙に浮かんだようになっている。内部の機構は全部見える。どれも一つ一つの部品を手彫りしたらしく、彫った跡がまた手作りの味になっている。歯車が、組み合わさりながら、カチカチと微《かす》かな音を立てて動いていく。

「わあすごい。この懐中時計、全部木でできてるの？」

「置き時計と違って、さすがにゼンマイまでは木ではできないが、そのほかはすべて、木でできている。手彫りだ。これでも日差五分という精度なのはさすがだ。ロマンがある」

「うつくしい時計です」ジャンも言う。

幸多朗も、珍しい時計をいきなり見せられて驚いたようだったが、なぜこれを見せられているのかはわからないようだった。

「これは独立時計師、ヴァレリー・ダネヴィチの時計。彼は、時計の素材として木を使うことを得意とする時計師です。この懐中時計とは違いますが、彼は木でできたトゥールビヨンも完成させています」

　幸多朗に、独立時計師とはなんぞや、というところから説明する。独立時計師とは、スイスに本部がある独立時計師協会、アカデミー《AHCI》というところに所属している時計師のことで、会社に属さず自らのアイデア、スキルだけで設計から製作までを行う。自分の名前を冠したブランドで時計を作っていくという、時計師中の時計師としてとても名誉ある立場であること。日本人ではいまのところ二名、全世界でも独立時計師は数十名しかおらず、このふたりもいずれそのアカデミー入りを狙《ねら》っているのだということも。

「へえ。面白い時計があるものですね。僕は時計のことはよくわかりませんが……」と、やはり、にこにこしている。

「この時計に使われている木にはたくさんの種類があります。彼は木の性質を熟知している。世界一重い木であるリグナムバイタのことも、もちろん」そう言いながら、アキオがちらりと表に視線をやった。

「あちらの木のことですが」

「ああ。あの木。そういうことなら藤子ちゃんにあげられて良かったです」

幸多朗に、アキオが「本当にそうでしょうか」と言った。

ジャンが、そっとカウンターに時計を置く。

「あの木、リグナムバイタはどなたがお育てに？」

「まあ、うちの祖母です。もう亡くなりました。園芸が趣味で」

「温室をずっと管理しておられたのですね」

「ええ……まあ」

幸多朗は、話の方向が見えずに、少し戸惑っているようでもあった。

「こちらのリグナムバイタは、バハマの国木でもあります。赤道に近いバハマの気温は十九度から三十二度。十五度以下になることはほとんどないという、冬でもとても暖かい国です。リグナムバイタは、今やレッドリストに載るくらい、ほんとうに希少な木となってしまいました。暖かい国の植物ですから、こちらのリグナムバイタ、十度以下になると枯れてしまいます。十度以下になる日本では冬は越せません。温室で適切に温度を管理しない限り、すぐに枯れてしまうんです」

だから温室なのか、と藤子は思った。何かのお使いのついでに見せてもらったことは何度かあるけれど、中庭にあって、いつもほんわりと暖かかった。温室の湿った空気のことはよく覚えている。

「ところで、おばあ様が、温室を作ったのはいつでしたか」

幸多朗が考え込む。

「ええと。僕が中学生になったころくらいのことだから、十三年前くらいでしょうか」

「幸多朗さん、音楽はなさいますか」

突然、意外なことを聞かれて、幸多朗もとまどっているようだった。

「ええ。ギターなら少し」

「ギターの製作のほうは」

幸多朗が少し黙る。

「やりたいと、言っていたこともあります。過去に」

「中学生くらいのころに？」

「ええ……」

「こちらのリグナムバイタは、材質として時計にも適しているのですが、他にも適している物があります。楽器です。堅さも重みもあり、油分もある。素材に使えば、とても上質な楽器ができるのだそうです。ケーナのような笛にも、そしてもちろん、ギターにも」

幸多朗の顔から、笑みの気配がすっと消えた。

「おばあ様が、温室を作ったのは、十三年前――」

「でも、そんなこと言ったって、僕には向いていなかったんです、やろうと思ったこともありましたけど、いろいろ、いろんなことが難しくて。ああいう楽器製作とかの仕事で食べていけるわけじゃないですしね。大量生産品が安く出回っている、今の時代には合っていませんよ」

　わずかに早口になる。幸多朗が高校卒業後、ギターの楽器職人に弟子入りして、数ヶ月ですぐに辞めた経緯は藤子も知っていた。それで大阪に出てきたのだ。

「いろいろ難しくなったと。なるほど。夢は、変わることもありますものね」

「そうですよ、子どものころの夢なんてそんなもんですよね。みんなそうでしょ？　僕はもっと、大きなことをやりたいんです」

「でもおばあ様は諦《あきら》めなかった。この木の生長はとても遅い。それでも毎日水をやり、温度を保ち、木を育て続けた。この木の生長がとても遅いことを知ったおばあ様は、自分が生きている間には大木にならないことを知っていた。それでも諦めなかった。いつか自分の孫が夢を叶《かな》えた日に、この希少な木が役に立つならどんなにいいだろうかと思ったのではないですか。孫が、夢を諦めてもなお」

　幸多朗の顔色が変わる。こんな表情を見たのは初めてだった。

「あなたに僕の何がわかるんですか」

「いいえ何もわかりませんよ。わかるのは、あの木をここまで育てるには、とても根気がいったろうなということだけです」

　席を立つ幸多朗の背中に声をかける。

「幸多朗ちゃん。ねえ。この木、わたしがもらっても本当にいいの」

幸多朗は、何も言わずに店を出て行った。追いかけようとする藤子に、「今は行かない方がいい」とアキオが言う。

「コウタロは、来ます」

ジャンが静かに言った。

木の懐中時計の音だけが、店に静かに響いている。小さな、それでいて確実な、いい音だと思った。


大時計が鳴って、店を閉める時間が来ても、幸多朗は現れなかった。夜になると、今晩は冷えて十度以下になりそうなので、壺の部分に毛布を巻いてみたり、幹に新聞を巻き付けたりした。

聞き覚えのある音がする。ゴロゴロゴロ、という台車の車輪の音だ。

「幸多朗ちゃん」

「別に、あの身長と態度のデカい人に何か言われたからじゃなくて。なんとなく、元に戻しておこうかなと思って」

二人がかりで台車に積んだ。

温室をつぶして、ガレージにするのはやめにしたようだった。

「藤子ちゃん」

「ん」

幸多朗がぼそりと言う。「ありがとう」

「別にありがとうじゃないよ。わたしが大阪にいたときのほうが、もっとありがとうだよ」

幸多朗は、いつものように手を振ると、台車を押しながら、夕焼けの中をのんびり帰っていった。

藤子が、高校を卒業しないまま家出をして、大阪で飲食店のバイトをしながらどうにか食いつないでいたとき、幸多朗が連絡を取ってきて、たびたび会うことがあった。

「僕も、これから大阪で店をやろうかなって」と、終始のんびりした様子で、どうして進学しないのか、どうして高校には復学しないのか、家で何があったのか、一切の事情を聞かずに、藤子の部屋で、美味《おい》しい卵料理だけ作ってくれた。

レンタルしてきた映画なんかをだらだら見て、お笑い番組も見て、十一時ごろになると、時計を見て、「藤子ちゃん、じゃあね」と言って帰っていった。

一応、女の一人暮らしだし、ちょっとドキドキするような気持ちもありながら、毎回、「じゃあね」とうっすら笑って帰っていく幸多朗にほっとするような、がっかりするような複雑な気持ちを味わっていた。今となってはいい思い出だけれど。

あのとき、「帰らないで」ってひとこと言ってたら、今頃どうなっていたんだろうなあと思う。
選ばなかったほうの未来は、いつでも綺麗で、すこし悲しい。

〈幕間〉時計師ふたりの日常 2

ジャンの日本語学習のほうも続いていた。邪魔しないようにと、ひとり、外に出るこの時間が、アキオもけっこう気に入っていた。近所のバー、ORSOでは顔なじみもできた。放《ほう》って置いて欲しいときにはそっとしておいてくれて、話したいときには、とつとつと話をする店主の距離感もいい。

今日はブラッドオレンジを搾《しぼ》ってもらい、カクテルを頼んだ。「えー、アキオさんもう帰っちゃうの？ もうちょっといたらいいのに」というなじみの客に、時計を見ながら、「部屋で弟が待ってるんで」と言う。

「弟って言っても、もう高校生でしょ？ 大丈夫だよ」と笑われる。いつも十時きっかりという門限がある存在は珍しいようで、すっかり、「過保護な兄」というイメージが定着しつつあった。まあ、実のところはジャンの通訳兼、護衛なので、あまり離れるわけにはいかないのだ。

時計店のビルまではすぐなので、すずらん通りを歩いていると、「こんばんは」と声をかけられる。今日の日本語特訓を終えた生田《いくた》先生だ。いかにも生真面目《きまじめ》そうな銀縁の眼鏡をかけた、線の細い、二十代後半くらいの男の先生で、若いながら優秀、もう大学でも非常勤講師として教えているところを、特別に週二回、家庭教師として部屋に来てもらっている。レッスンが終わり、ちょうど帰りかけるところだったらしい。

「ジャンの様子はどうでしょうか。真面目に取り組んでいますか」

「ええ。とても真面目に勉強なさっていますよ」

座学は大嫌いなはずのジャンなのだが、さぼることも、口答えすることもなくやっているらしい。安心した。

「ジャンのレッスン上の態度でお困りのことがあったら、私まで、いつでも」と言うと、先生は笑って、「ジャン君はいたって真面目ですよ。でも、困るということはないんですが……」と言葉を濁す。

「何かありましたか」

「日本語で、何かこう……褒《ほ》めるときの表現を教えてくれと」

ジャンめ。笑ってしまった。「それは主に、女性を、ですね?」

「日本ではあまり女性を褒めることはしないんですよ、と言っても、納得しない様子で。セクシャルハラスメントになるかもしれないから、と言ってなだめても、褒められたら女の人は絶対に嬉《うれ》しいはずだからと。教えてくださいく教えてくださいと」

「しつこく?」

うんうんと頷《うなず》いてから、あっしまったと思ったのか、先生は「研究熱心なのはとても良いことです」と付け足した。「ジャン君があまり言うものですから。ジャン君も納得するような、日本語に即したよい表現がないかなと、探していた所なんです」

「そうですよね。褒めるにしても、褒められる側も、あら、そう？　みたいに軽く受け流すくらいの器がいるというか。褒められ慣れてないと、日本語では表現が強くなりすぎる傾向がありますよね。私も日本語では女性はあまり褒めません。まあ、これも文化差でしょう」

「いったい、どんな感じの褒め言葉をジャン君は想像しているんでしょう。文法面は文法面でしっかりおさえますが、できればレッスン内容も、できるだけジャン君のニーズに合わせたいとは思っています」

　ふたりして考え込む。

「褒める……そうですね。目についたものを、とりあえず型通り、適当に褒めたらいいんじゃないでしょうか」

　先生がちょっと照れたように、「例えば、女性に対しては、日本語で〝綺麗《きれい》ですね〟とかいう表現もあることはあるんですが、私自身、実際に女性に使ったことはないですね」と言う。「〝綺麗ですね〟は、ジャン君も、〝それじゃないです〟と。もっと上手にいろいろと言いたいんだそうです」

　先生は心から困惑しているようだった。ここまで研究一筋で生きてきたであろう独身の先生を、あまり困らせるものでもないと思う。

「そうですね、ただ〝綺麗ですね〟って言うんじゃなくて。目についたものなら、何でも、どうとでも褒められるんじゃないでしょうか、褒めるとすれば、例えば――」言いながら、ちょっと考える。先生を見下ろして、その目をじっと見つめた。

「怖いんだ。眼鏡越しにも、君の目がそんなに綺麗だから、この眼鏡を取ってしまったら、俺《おれ》は自分がどうなるかわからない。不安になる」先生の眼鏡にそっと両手をかけた。「外していい？」

ひゃああ、と先生は変な声を上げた。「欧米！」

「まあ、こんな風に、やろうと思えば、いくらでも褒められることは褒められるんですが……」

先生を壁に追い詰めながら、頰《ほお》に片手を添えてちょっとだけ上を向かせた。

「俺は仕事柄、世界中の美しい曲線を追ってきた。今日、ようやく探し出せた……君の、その睫毛《まつげ》の曲線くらい美しい曲線は見たことがないんだ。見ていい？　もっと近くで」

見つめ合う。

「先生？」

はっと我に返ったようだった。うわあ、あぶなかった……などと呟《つぶや》いて、ハンカチで汗を拭《ふ》いている。

ふと見れば、ちょうど藤子が時計学校から帰ってくる時間になっていた。それをずっと窓から見て待っていたらしきジャンが、階段を駆け下りてくる足音が聞こえる。

どうやら藤子も帰ってきたようだった。

「トーコ。おかえりなさい」

下まで下りて、ちょっと考えるみたいにしたジャンが、とても綺麗なアクセントで、

「今宵《こよい》は月が綺麗ですね」と言った。夜空を指さす。

満月でもなく、なんの変哲もない普通の半月なので「そう？」と言いながらも、藤子も「きれいだね」と言って少し笑った。

先生とふたりして、目を見合わせて頷いた。学習の効果は、存分に出ているようだった。

第三章　アストロラーベが指す方へ

十六で出産も早いけれど、十六で生まれたその娘も十六で結婚したので、三十代にしてもう子育ては卒業、今度の冬、おばあちゃんになるのだという。

その間に結婚・離婚も一回ずつすませ、親も見送った。店も継いで家も建て直すという人生のさまざまなイベントを、猛スピードで済ませてしまったお姉さんが近所にいる。一《かず》帆《ほ》だ。

近所の惣菜《そうざい》と弁当屋の看板娘となってからも、いまだに肩までの髪を白に近いくらい脱色し、細くした眉《まゆ》もそのままだ。小学校から喧嘩《けんか》だ抗争だ補導だのなんだのといろいろな悪い噂《うわさ》には事欠かなかったというグレっぷり。

でも、藤子が父親の問題で家に帰らず、遅くまで外をぶらついていたころも、「藤子はあたしの後輩だかんな」と睨《にら》みをきかせてくれていたので、ひとつも怖い目に遭《あ》わなかったのだとあとで知った。

当時、アルコールで荒れた父親が、酒の万引きをした、酒代ほしさに車上荒らしもした、という良くない噂はたちどころに町内に広がっていた。娘の藤子までおかしな目で見られ、いろんな人に微妙に距離を取られることも多々あった中、一帆の態度は変わらなかった。

「オイ藤子、唐揚《からあ》げ串《くし》食ってけよ」なんて。

子どもができてからは、吸いまくっていた煙草《タバコ》もすっぱりやめて、真面目《まじめ》に保育園の役員なんかもこなしていたということだ。「この歳《とし》でおばあちゃんか、血は争えねえなあ」などとぼやきながらも、孫は面倒見てやるから絶対に高校は行っとけ、という条件で娘の結婚も許したのだという。「自分の足で立てねえ女に育てる気はないからな」などとも言っていた。

派手な外見ときつい顔立ち、抜けないヤンキー気質で怖がられがちで、いまだに、あそこの娘さんはね……と嫌な顔をする人もいるけれど、藤子にとっては、一帆はやさしいお姉さんだ。

その一帆が、なんだか浮かない顔をして時計店にやってきた。見れば、手に時計を持っている。

「あのさ、これ、藤子が代わりに落とし主に渡してやってくんねえかな」

「え。でも、知ってる人なの？」

「いやさあ、よく知ってるっていうほどじゃあないんだけど」と、珍しく歯切れが悪い。

話を聞いてみると、毎日店の前を通る男の人が、このデジタル時計を落としたのだけれど、声をかけても、そのまま気付かずに行ってしまったのだという。

受け取ってみると、その黒い時計にはカシオとある。樹脂でできた、G-SHOCKと似た感じのケースだ。金色の文字盤の下半分には液晶画面があって、デジタルで現在の時刻が出ている。それだけではなく、アナログの針もあり、長針と短針、あと赤い秒針もついている。お店にあるタイプの時計ではないが、まあ普通の時計に見える。

「でも、この時計の持ち主は、毎日店の前を通るんでしょ。そのまま、どうぞ、これ落としましたよ、って渡してあげたらいいのに」

「絶対嫌だね」

一帆は心底嫌そうな顔をした。

「ストーカーとかでもないんでしょ」

「そういうんじゃない。ほら、藤子はあれだろ？　外人得意だろ？」

だんだん話が読めてきた。

谷中が観光地として人気があるからか、この千駄木にも外国人は年々増えてきた。カメラや自撮り棒片手に観光を愉《たの》しむ人たちも多い。時計店にはあまり入ってはこないけれど、それでも外国人は毎日のようによく見かける。一帆は、千駄木に増え続ける外国人のことが、どうにも苦手らしい。何を考えているかわからないし、ゴミをそのあたりに捨てたり、マナーを守らない人間もいるから嫌なのだそうだ。

店に来て何か外国語でぺらぺら話しかけられると、シッシッ、の手つきをしながら、「イングリッシュ、ノー！　カメラ、ノー！　で通してる。日本語もわからねえくせに日本に来んなよ、うっとうしい」などと、よくぼやいていた。

ちょうど近くに外国人がよく泊まるゲストハウスができたこともあり、美味《おい》しそうな惣菜を求めて、弁当屋にもちょくちょく外国人がお客として来るらしい。

「でも、これ落としましたよって渡すだけだったら、英語も話さなくていいし、ジェスチャーとかでも大丈夫じゃない？」

一帆が渋い表情になった。

「あいつさ、毎日ガンとばしてきて何か気味が悪いんだよ、話しかけたくもないしさ。なあ頼むよ。外人が得意な藤子だったらなんとかなるだろ？　な？」

まあ、ジャンとアキオと毎日顔を合わせているから、別に嫌なことではないけれど。

時計片手にそう思っていたら、ちょうどふたりが帰ってきた。げっ、外人来た、という顔をしながら、一帆がなんだか静かになる。

「トーコただいま」

ジャンが言うと、一帆が仕方なくジャンとアキオにぺこりと会釈した。

「こんにちは」

「……こんにちは」

一帆が、こんにちは、なんて言うところを初めて聞いたのでちょっと面白い。ジャンとアキオが、スイスから来た留学生の兄弟だと説明する。

「こちらは一帆さん。ほら、近くのお惣菜とお弁当屋さんの」と言うと、「ああ」とアキオが頷《うなず》き、「前を通りかかりながら、とても美味しそうだと思っていました」と言う。アキオが流暢《りゅうちょう》に日本語を話すのを聞いて、一帆は、ほっとしたようだった。

「なんだ、日本語できるんすね」

「ええ、ジャンは違いますが、私に関しては三歳から十四歳までは日本育ちですから。十四歳からはずっとスイスに」とアキオが言う。

「うち唐揚げ串おいしいんで、今度食べに来てくださいよ」

「からあげ」とジャンも嬉《うれ》しそうに言う。一帆がジャンを見て、ジャンと目が合うと目を逸《そ》らし、でもまたジャンの手のあたりを見て、「おいで。おまけしてあげるから」と小さく言った。こんな風におとなしくなる一帆が珍しくて、ついつい眺めてしまう。

それにしても手の中のこの時計……藤子が、名前とかがないかな、と裏返したり、バンドのところを見たりしていると、ジャンも、時計に目を留めた。おお、と驚いてアキオを指でつつき、時計を示す。外国語でふたりとも何か言い、アキオも珍しそうにその時計を眺めている。

「藤子、その時計どこで？　日本でも発売しているのか？」などと、不思議そうにしている。

「いや、この時計、お弁当屋さんの前で落とした人がいて……」と時計を見せながら説明した。見た目は、どう見ても普通の時計のようにしか見えない。

「この時計、何なの」

「これは、〝プレイヤー・コンパス〟」

「プレイヤーって何のプレイヤー？　サッカー？」

「そうじゃない。カタカナにすると発音は似てるけど、〝pray〟と、〝play〟だ。〝祈る〟のpray。お祈りのための時計ということ」

ジャンが何度も発音してくれるが、何回聞いてもまったく同じに聞こえる。そうだ苦手なLとRだ。

「ところで、お祈りに時計なんていているんだったっけ？」

アキオがその時計を手に取った。「落とし物を勝手に触るのは申し訳ないけれど、一回だけ触るのを許してもらいたい。なかなか身近に見られる物じゃないから……」などと言いながら、アキオが時計を水平に机の上に置いて、右上にあるボタンを押した。読めないけれど、そのボタンのところには〝QIBLA〟と書かれている。

すると、赤い秒針がいきなりするすると動き出して、ある方向でぴたりと止まった。

「これが、何？」

「この秒針が指しているのはメッカの方向だ。メッカのカーバ神殿の方向をキブラというそうだが、この時計ではそれがわかるようになっている」

え。

メッカというと、中東のあたりのような……

アキオが、一帆に向き直った。

「これは、イスラム教徒の人が使う大切な時計です。きっと今も探していることだろうと思います。もちろん、今ではスマホのアプリも使えるので、この時計が無くても礼拝の方向や時間については困らないのでしょうが、この時計の、長年大切にされてきたであろう使い込まれ方を見ても、その人にとってはとても大切な時計なのでしょう。よくぞ拾ってあげましたね。感謝されることでしょう」

それでも、憂鬱《ゆううつ》そうな一帆の表情は変わらなかった。

「もういい。これ警察に届ける。イスラム教の奴《やつ》らなんかもっと嫌だ。関《かか》わり合いになるのは絶対ごめんだね」

それを聞くと、アキオが一帆をじっと見つめた。

「どうして嫌なんでしょうか」

「テロとか怖いじゃん。なんか、わけわかんないしさ」

「あれはイスラム過激派のやっていることで、実際のイスラム教は平和を愛する宗教なんですよ。特に怖いものではありません」

「アキオ、なんで知ってるの」と聞いてみたら、「スイスで暮らし始めたときに、友だちができて、その人がイスラム教徒だったから」と言っている。

アキオが、一帆に向き直った。

「私と弟は、私が三歳から十四歳になるまで、日本の祖母に育てられたんです。祖母が死んでから、スイス在住の父親を訪ねてスイスで暮らし始めたのですが、弟とふたり、言葉も違う、習慣もまったく違うところにいきなり放《ほう》り出されて、ふたりして途方に暮れたものです。外国人に親切な人も、もちろんたくさんいます。でもこのとおり、肌の色も違うので、嫌な目にはたくさんあいました。そんな中で、親切にされたことは、今でもよく覚えています」

アキオは、そのころのことを思い出したのか、遠い目をした。

「まあ……そりゃそうだけどさ。でもイスラム教とかぜんぜん知らないし、なんか怖いんだよ。雰囲気的に」

「まあそう言わずに。私たちも、広義のイスラム文化には毎日のようにお世話になっているんですから」

アキオが妙なことを言い出した。

「嘘《うそ》だ、あたしはイスラム文化とか、生まれてこのかたぜんぜん関係ねえし」

「そうでしょうか」アキオが笑みを浮かべる。「こちらの時計をご覧ください。何が書いてありますか」

指さした先には掛け時計があり、当然のことながら、1とか2の数字が書いてある。

「数字だけど、それが何」

「何数字ですか」

ちょっと考えて、藤子が言った。「……アラビア数字」

「そうその通り。この数字、元はインドで作られたものですが、アラビアからヨーロッパに伝わりました。そして現在のわれわれもその数字を使っています」

そう言えば、一とか二とか三とか、こういう時計には漢数字って使わないよな、と思う。アキオの蘊蓄《うんちく》にはまだ続きがあるらしい。「それに彼らは偉大でした。どこへ移動しても、メッカの方角がお祈りのために重要だからこそ発展した物があります。いまから千年前くらいのイスラム教徒は、涼しい夜間にラクダで砂漠を移動しました。何も目印の無い砂漠。夜には、星だけが方角を知る手がかりだったのですね。彼らは天文学の世界的リーダーでもあったのですよ」

「まあ、千年前はGPSはないわな。迷ったら砂漠でひからびて死んじまうだろうし」などと一帆が言う。

「何の目印もない砂漠でも、彼らはお祈りのためにメッカの方角を探す必要がありました。そこでできたのが、アストロラーベです。簡単にいうと、星の位置から時間を割り出せる、すぐれた計算機のようなものです」

ジャンが、「アストロラーベ」という単語を聞いて、何かを思い出したように階上へ行く。

アキオがスマホで検索して、アストロラーべの画像を出してくれた。真鍮《しんちゅう》でできた丸い円盤の上に、小さな円のようなものが数枚、中央を外して綺麗《きれい》にデザインされてのっていて、一見、おしゃれなペンダントのようにも見える。

「ここが回るようになっています。こうやって、目盛りを星に合わせていく……星は一年後、また巡ってくる……よって一年を計る……」

ちょうど、上に行っていたジャンが戻ってきた。腕時計を出して見せてくれる。その時計には見覚えがあった。

「ユリス・ナルダンの、アストロラビウム・ガリレオガリレイ。僕の時計です」

「えっ何。何この時計。これ時計？　針、多っ」一帆も驚いている。

金のケースも輝かしいアストロラビウム・ガリレオガリレイは、長針、短針の他にも針が三本ある天体時計だ。なるほど、形としてはアストロラーべによく似ている。一帆に、その機能を説明する。ドラゴン針と、日の針や月の針が重なると、日食や月食になること。星座の位置、日の出日の入り、カレンダー、そういったありとあらゆる天体情報が一日でわかるという天体時計になっていることも。そう、これは宇宙のすべてを表す時計なのだ。そしてその仕掛けすべてがゼンマイと歯車などによって動くという、驚異的な機械式天体時計の名作——

「ええと、この時計、天体カレンダーが、何年分入ってるんだったっけ……一万年だったっけ……」と言うと、アキオが即座に「十四万四千年分のカレンダー」と言い、自分が作ったかのように自慢げに胸を張る。

一帆は、そんな時計がこの世にあったとは知らなかったようで、すげえ……と言いつつ黙った。

「このアストロラビウム・ガリレオガリレイも、アストロラーベのデザインにちなんで、現代に作られた時計です。千年前の当時から、アストロラーベは時刻も方角も、高度測定も、測量もできるすぐれた計算機だったのですね。コンピューターのない時代の知の結晶です」

へえ……と声を上げながら、一帆が「その時計、綺麗。近くで見ていい？」と言うので、ジャンが「どうぞ」と時計を差し出す。

「一帆さん、ちなみにその時計のお値段は——」と、藤子が値段を言うと、変な声を出してジャンに時計をすぐ戻していた。「やばい。超やばい、てかなんでこの子こんな時計持ってるの。ふらっと自分の部屋にミニカーみたいに取ってくる物でもないだろ？」

桁違《けたちが》い、というけれど、ジャンは本当に桁が違うんだよなあ、と藤子はゼロの数を頭の中で思い浮かべながら思う。ジャンに出会うまでは、三十万円の時計だって、べらぼうに高いと思っていたのに。世の中には本当に高い時計があるというものだ。

　藤子は、落とし物の、プレイヤー・コンパスを手に取った。

「じゃあ、このプレイヤー・コンパスの中にも、そのアストロラーベが入っているということ？」藤子が聞くと、アキオが「いや、このプレイヤー・コンパスの中には緯度経度を調べるセンサーがついている」と言い、問題の時計にそっと触れた。

「でもさ、カシオって日本の会社だよね？　なんでまた、わざわざイスラム教の時計を作ろうなんて思ったんだろう」

　カシオと言えばＧ－ＳＨＯＣＫだ。トトキ時計店にも置いてあって人気がある。

「カシオは、カシオ計算機というのが会社の正式名称で、〝世の中に無かったものを創造することで社会に貢献する〟というのが会社としての考え方らしい。カシオはＧ－ＳＨＯＣＫなどのシリーズがすでに世界的に支持されているけれど、登山等のアウトドアで使われる、湿度や気圧、方位計測センサーがついたシリーズでも名高い。耐衝撃構造と、アウトドアで培《つちか》ったセンサー技術とを組み合わせれば、今までに無かったすばらしい時計ができる。

　なにせ、イスラム教徒は日々増え続けているんだ。いまや世界中の五人に一人がそうらしい。そこに目をつけるのはマーケティングとして正しい。日本でもホテルや駅、空港なんかでもイスラム教に対応して、祈禱室《きとうしつ》を作ったりしているし、イスラム教対応メニューを出すところも増えてきた」

「ええ……」一帆はやっぱり、あまり気分良くは思えないようだった。

「まずは実際に彼にこの時計を返しましょう。よろしければ、私たちも立ち会います」

一帆は気が進まないようだったが、それでも「なあー、藤子、これ適当に返しといてよ」とは言いにくい雰囲気になっているようで、渋々、「まあ。それならそれで、いいですけど……」と言った。

「その彼が英語かフランス語かドイツ語か、あとイタリア語が少しでも話せるなら、会話はできます。ジャンも英語とフランス語とドイツ語は自由に話せるので。私たちが通訳を」

「すごいなあ。この子まだ高校生くらいなのに、そんなにいろいろ話せるんだ」

一帆は驚いたようだった。

「スイスは日常的に多言語を使います。四つの公用語の中から二言語は使えるようにというのが国家の方針なので。でもまあ私も、スイスで暮らすまでは英語などもまったく話せませんでしたから」とアキオが言う。

外国語が流暢であれば流暢であるほど、見過ごされがちだけれど、これだけいろいろ話せるようになるまでには、アキオも本当に苦労したのだろうなあとしみじみ思った。一つ一つ単語を覚え、文法や言い回しを覚え、時計の勉強も並行して進めて、となると、どのくらい大変だったのだろう。

一帆も気になったようだった。

「あのさ、アキオさんはどうやって言葉を勉強したの」

「おんなのおともだち」と、ジャンが横から口を挟んで、「ジャンはよけいなことを言わない」と笑って叱《しか》られていた。

落とし主は大体、帰りは六時くらいに通りかかるらしく、通りかかったら、とりあえずひきとめてもらって、すぐに連絡をもらうことにした。

一帆の、電話の声が焦っている。「藤子早く、もうすぐ店の前を通る。急いで急いで。走って来い」などと言うので、とりあえず三人揃《そろ》って慌てて出てきた。

見れば、シャツを着た男の人がいて、とりあえず何か言って引き留めたらしき一帆を前に、なんだか戸惑っている様子だった。密集したあごひげを短く刈り込んだ様子や、肌の色からも、ああ遠くから来たお客さんなんだなあと思う。中東の雰囲気の人の年齢はわかりにくいが、たぶん三十代くらいだろうと見当をつけた。ぷかっとしたシャツにチノパンのようなパンツ、ラフな服装をしている。

「ほら、これ。ウォッチ」などと言いながら、一帆が時計を出すと、ぱっとその人の表情が明るくなった。オレー！　と喜びの声を上げる。

ああ。どんなに遠い国でも、嬉しいときの感情は同じだと思う。顔を上気させ、「ありがと、ございます……」と、あまり聞いたことのない訛《なま》りとアクセントで、その人が言った。

ジャンが声をかけると、その人は流暢な英語に切り替えていろいろ喋《しゃべ》った。アキオも挨《あい》拶《さつ》した。手振りの雰囲気から、「こちらの女性が時計を拾って、あなたに渡そうと……」と、いろいろ説明しているようだった。男性が、もう一度、一帆にむかって、日本語で丁寧に礼を言う。

「いやいや、そんなの、別にただ拾っただけだから」と、一帆が恐縮している。

「こちら、イスタンブールからいらしたアハメット・パシャ・ザーデさん」

イスタンブールってどのあたりだったっけ？　と思いながら、なんとなくで世界地図を思い浮かべる。たしか、イスタンブールはトルコだ。

「せっかくなので、もしお時間ありましたら、お食事でも……」とアキオが日本語で言ってすぐに英語に切り替え、一帆が「いやいいよマジでさ」と小声で言っているのに、とんとん拍子《びょうし》で話をまとめて、みんなでご飯を食べに行くことになった。

アハメットは、ジャンと何かを英語で話している。時計の話になったのか、途中ジャンが自分の手首を見せて、嬉しそうに何か話し合っている。

「あ。でも。イスラム教の人って食べられないものあったよね？　ご飯なんて、わたしたちが気軽に食べに誘っても大丈夫なの？　アハメットさんの迷惑にならないかな」と、心配になった。

「そういうときのために言葉がある。対話は理解の第一歩だから。何でも聞いてみればいいんだ」とアキオが言った。「でも知っている限りでは、基本的に豚肉はだめで、あと、厳密なルールとなると、豚肉を調理したまな板などの調理器具を使った食べ物も食べられないと思う。宗派や国にもよるだろうけれど、厨房《ちゅうぼう》がイスラム教徒用と、それ以外用としっかり分けられていないといけないんだ。食器も」

「調理器具もダメなの？」

驚いてしまった。豚肉はダメだとは知っていたけれど、豚肉の調理に使った、調理道具や食器もだめだなんて。

「まあ信仰の個人差にもよる。ゆるい人はゆるいらしいが」

けっ、と一帆がアハメットに聞こえないように小声で毒づく。「豚肉美味《うま》いのに、汚いものあつかいすんなよって。だからこいつら嫌いなんだよ」

アキオが、じっと一帆を見る。「何？」

「一帆さんは、犬を食べますか」

「犬？　食うわけ無いじゃん。可愛《かわい》いし」

「ですよね。でも、世界には犬を食べる文化もあります。私も犬は食べませんが、すべての食文化は尊重されるべきものです」

「まあそうだけどさ……」

お手、とかする愛らしい柴犬《しばいぬ》が、あわれ、お鍋《なべ》になる様子を想像して、あまりのかわいそうさに食欲が失《う》せた。

「うさぎ」ジャンも言う。

「嘘《うそ》、ジャン君ウサギ食べるの？　あんなにモフモフなのに？　ひどくね？」

「フランス文化圏では普通に食べますよ。ワインにも合いますし。クリスマスのごちそうです」

一帆はあきらかに引いているようだった。

「では、今から犬をまな板で切り分けます」

アキオが包丁を持つ手つきをした。

「ちょっとやめろよ、かわいそうなこと言うなよ」

WAUWAUと、悲しげな声でジャンが鳴きまねをする。

「まあ例えですよ。じゃあ、その後のまな板と包丁で、豚肉を切ってトンカツにします」

「あーダメだダメだ、それはダメだ。何かそれは嫌な感じがする……」

「どうしてですか。よく洗って綺麗にしたのに」

「そういう問題じゃねえ、なんか嫌なんだよ、同じまな板は嫌だ」

「〝同じまな板は嫌だ〟と一帆さんは言いました」

アキオの言わんとすることがわかったらしい。

「まあ……、そう言われてみれば、わからんでもないかな、とは思った。まあそうだな、いくら洗ったとしてもちょっとな……」

ぶるっと身震いした。相当嫌なようだった。

ジャンがアハメットの隣で、「行きましょう」と言うので行先を聞くと「ヨヨギウエハラ」と言う。千代田線《ちよだ》なら一本で行けるけれど、千駄木からは少し離れている。

「え。なんで代々木上原《よよぎうえはら》なの」と聞くと、アキオが「代々木上原には、東京ジャーミィというとても有名なモスクがある。宗派を問わず見学自由なモスクはとても珍しいから、一度は行ってみたいと思っていたんだ」と言い、アハメットはにこやかにうなずいている。

一帆は藤子のかげで、「そんな所、もし行って勧誘されたらどうするんだ、ぜったい入らないからな」などとぶつぶつ言っている。

「まあまあそう言わずに。神社に行きますね、そうしたらいきなり神道に入信を迫られたりしますか。しませんよね？」

「そりゃまあ、しないけど……」

「モスクをまだ見たことがないなら、きっと、一帆さんはすごく驚きます。いい機会ですから行きましょう」

代々木上原に着くと、坂道を少し歩く。夕暮れで涼しい風が吹いていて気持ちがいい。

その建物は、町中に唐突にあった。なにやら塔があり、窓の形も全く違う。そこだけが、アラビアンナイトとかアラジンとか、そんなような異国の雰囲気がする。ジャンが屋根のあたりを指さすので見ると、小さな穴が開いた、石造りの箱のようなものが綺麗にデザインされて、壁にあるのが見えた。

アハメットが何か英語で言う。

「あれは鳥の巣なんだそうだ」とアキオが言った。「疲れた渡り鳥がいつでも休めるようにと、モスクの壁には鳥の巣がいくつもつけられている。ここは動物、人間問わず、みんなの心の安らぎの場所なんだと」

建物にツバメが巣を作ったら、綺麗な壁が汚れると言って、全部叩《たた》き壊してしまうような施設もある中で、なんだか温かみを感じる。いままでイスラム教といえばニュースくらいでしか触れたことはなかったけれど、ずいぶんイメージが違う。

一階は待合室のようなところがあり、アハメットに続いて二階に上がった。

「中ではスカーフを借りられるそうだ。女の人の髪は見せてはいけないものだから」

アキオの言葉を聞きながら靴を脱いだ。土足は厳禁らしい。

そういえば、街でもスカーフを被《かぶ》っている女の人をたまに見かけるな、と思う。大きな木の扉を開けて中に入るなり、藤子はその場にしばらく立ち尽くしていた。それは一帆も同様のようで、「やばい……」と言いつつ目を見開いている。

そこには、今までに見たことのないような光景が広がっていた。

モスクの中央には、人間の身体《からだ》よりもずっと大きな、巨大なシャンデリアが下がっている。その複雑な形をしたシャンデリアのガラスが、一つ一つほんわりと灯《とも》っている中、視線を上にたどっていくと、高いドームの丸天井に繋《つな》がる。丸天井には深い紺色を背景に、アラビア語らしい何かの金文字がぐるりと円形にデザインされていた。その縁をほんとうに細かい文様が取り巻いている。その文様は地上に降り注ぐ天の光みたいに、無限の広がりを見せながら繋がり、また広がっては重なり合っていく。西日が繊細な模様で構成されたステンドグラスから入り、色とりどりに光り輝いていて、床には一面、深緑と赤の横縞《よこじま》のある絨毯《じゅうたん》が敷きつめられていた。

美しいものを見て「綺麗」とかまったく言いそうじゃない一帆ですら、黙ってその色と構成に心打たれているようだった。現世のあれやこれやすべてがすうっと消えていって、心が自然と鎮まっていく。そんな眺めだ。

アハメットがスカーフを渡してくれた。白い布のようなものを、とりあえず頭からかぶってみた。

「え。奥まで入っていいんですか」と、つい日本語で聞いてみると、アハメットは「どうぞどうぞ」と言うように中に招き入れてくれた。目の詰まった絨毯が足の裏に心地よい。

「Arabesque《アラベスク》」と、壁の模様を指しながらジャンが言った。小さな模様が組み合わさって一定のリズムを作り、重なり合っては繰り返し、終わることのない完璧《かんぺき》な音楽を目で見ているみたいだと藤子は思う。言葉もちっともわからないし、イスラム教のことは何も知らないけれど、この眺めを見たら、ただ頭《こうべ》を垂れ、静かに祈りをささげたい気持ちになる。

「そうアラベスク。幾何学《きかがく》模様。数学的にも完成されていて、とても美しい。俺《おれ》たちも時計に装飾を入れるが、本当に難しいだろうなと思うのは、モスクには曲面にもこの幾何学模様が完璧に施されていること」

そうなのだ、まだ平面なら定規や何かでどうにかできたとしても、モスクの壁はあちこちに複雑なくぼみがあったり、装飾があったり、円形のドームがあったりと曲面も多い。この幾何学模様を曲面に完璧に入れてみるとなると、一体どうやって設計したのか見当もつかない。

ジャンが何か言うと、アハメットが左手の時計を出してくれた。例の、一帆が拾った時計だ。みんなで時計を囲んだ中、アハメットがボタンを押すと、赤い針が動いてぴたりと止まる。

見れば、針は、金で装飾された正面のくぼみをまっすぐに指していた。

ああ、と思う。この宝石みたいなモスク自体も、メッカの方角にきっちり合わせて建てられているのだ。

「時計、拾ってよかったでしょう」アキオが言うと、一帆はそれでも、素直にうんと言うのは癪《しゃく》なのか、「まーね」と言うので、みんな笑った。

その後、モスクの近くにあるトルコ料理の店で晩ご飯を食べることになった。サラダもペーストにした豆もみんな美味しくてびっくりする。聞いてみれば世界三大料理のひとつがトルコ料理らしく、肉団子のトマト煮込みの味付けにも唸《うな》った。「マジうめえ」と言いつつ、一帆が一番たくさん食べた。

支払いは「アハメットさんは旅人なので。旅人に御馳走《ごちそう》になるわけにはいきません」とアキオがまとめて支払った。

帰り道は同じ方向なので、皆で歩く。アハメットは、時計店とお弁当屋近くのゲストハウスに泊まっているようだった。

アキオがすぐ隣を歩くと、ちょっと見上げるような角度になって首が痛い。

「あっそうだ。アキオの弟さんは今、スイスなんだっけ。こっちに来たら、たこ焼きでも一緒にどうですって言っておいてよ」

アキオはただ、瞬《まばた》きしている。口を開けば蘊蓄がぺらぺらぺらぺら出てくる、口数の多い男にしては珍しく、しばらく黙ってから、「わかった。言っておく」とだけ、静かに言った。

そうだ、今の機会に聞いておこうと、時計学校の課題でわかりにくかったところを、アキオに質問してみる。なぜかアキオは上の空でいるようだった。生返事ばかりだ。

「アキオ？　ねえ、人の話聞いてる？」

「聞いてるさ」

嘘をつけ、と思う。文句を言おうと思ったら、いきなりアキオの長い指がほっぺたに来た。そのまま、頰《ほお》をむにむにされる。

「何、いきなりもう」

「いや。なんかついてた」

ソースでもついてたかな、と思って指でこすった。

「取れた？」

「ん」

前を歩くジャンと一帆とアハメットは、何か面白いことがあったのか、三人とも笑っている。日本語が片言のジャンと、日本語しかできない一帆と、日本語ができないアハメットの組み合わせで、どうやって会話がなりたっているのかわからないけれど、スマホの画面を見せ合ったりして、何か楽しげにしている。

追いついて見てみたら、どうやらお互いに見せ合っているのは馬の写真のようだった。

ジャンは自分の乗馬姿の写真を見せている。

そうだ、一帆は大の競馬好きなのだ。店にお客さんがいないときには、耳の上に赤いえんぴつを挟んで、よく競馬の新聞みたいなものを読んでいる。何事かをメモしていたり真剣だ。

競馬なんて、面白いのかな、と思うのだけれど、一帆は昔からアルバイトに店を任せ、競馬場に通うのを楽しみにしているのだ。競馬だけでなく、昔から馬自体も好きらしく、部屋には馬のポスターが何枚も貼《は》られているのだという。何かのつてでもらったらしき、尻尾《しっぽ》の毛や、たてがみの毛等もお守りみたいに大事にしていた。引退した馬のファンクラブにも入っていて、ボランティアでクラブの運営補助もやっていると言うから驚く。キーホルダーだってミニ蹄鉄《ていてつ》なのだ。

藤子は競馬は全然わからないのだけれど、一帆があまりに面白そうに話すものだから、一度行ってみてもいいなと思うようになっていた。

「藤子、アハメットさんも馬好きらしいぞ」

「そうか、トルコのあのあたりは、馬も有名……だったっけ？」

アラブの馬、と言ったりするしなあ、と思う。

立ち止まって、アハメットと一帆のふたりで何かの動画を見だした。レースらしい。お互い日本語と英語で通じてるのかなあと思いながら見ていたが、なんとなく話のニュアンスはわかるらしく、楽しそうだ。

「だろ？　やばいよなあ。やばい」とかいう声が聞こえる。「ヤバイーヤバイー」とアハメットも真似《まね》して笑っている。

一帆も、「なんだわりかしアハメット普通の奴じゃん」となり、馬好きだったらじゃあ日本の競馬だ、という話になったものの、月曜定休の藤子とは日があわない。どうするのかな、と思っていたら、「じゃあアハメット、行くかふたりで！」ということになったので、驚いてしまった。翻訳ソフトで会話は何とかなるという。好きな物が同じもの同士は強いな……と思った。

週末になった競馬の当日、言葉もあまり通じないふたりだけで出かけて大丈夫だったかな、と心配していたら、夕方、一帆が店に来た。

「いやー勝った勝った。大勝ちだよまったく」といたって上機嫌。「アハメットは、馬券は買わなかったけど、あの馬がいい、次はあれが良い馬だって言うから試しに買ったら、まー全部、当たるんだわ、アハメットすげえ。また日本に来ないかな……」などと、ほくほく顔で言っている。

「大勝ちしたんで、昼もピザおごってやったし」などと笑う。

「そういえば、アハメットさん、なんで日本に来たんだっけ。観光だったっけ……」

ちょっと立ち入ったことになるかなと思って、藤子も、渡航の目的や、お勤め先は深くは聞かなかったのだ。

「なんか聞いたら、翻訳で、ビジネス？　〝出稼ぎ〟って単語指さしてた。料理屋とかさ、あのあたりじゃねえの……」

弁当の仕込みがあるからまたな、と一帆は手を振って帰っていった。

そのことを、店に寄ったジャンたちに話すと「よいです」と言って喜んでいた。

「さっき、カズホに会って手伝え、と言いました。だから」と、ジャンが、何かを書く手つきをする。「お駄賃に、唐揚げ串二本もらった」などとアキオも言う。

「え。何を書いたの。絵を描《か》いてあげたとか？」

「次、お店の前を通ってのお楽しみだ」

ジャンが「トーコも、おみやげ。カズホが」と、串の入った袋を出してくるので、そのままかぶりつく。熱々じゃなくても十分美味しい。秘伝の配合スパイスだ。

「あっそうだ。アハメットさん、競馬に行って、馬を見ただけでピタリと一等を当てたらしいよ。すごいね」

「藤子、そのことなんだが。アハメットさんが、そもそもなんで時計を落としたのかっていう話をジャンとしていたんだ」

「そんなの、落としたから落としたんでしょ。落とし物に理由なんて特にないでしょ」

「落としたその日の服装は、スーツだったか」

ちょっとスマホを操作して、一帆にSNSで聞いてみた。すぐに返信は来た。〝スーツだった。どんなのかはよく見てない〟

この前会ったときのアハメットはシャツと普通のパンツを身に着けていた。ラフな服装でいたから、スーツ姿は想像できない。宿もゲストハウスだし。

「スーツ、だったみたい。それが何？」

ふたりして、意味深に頷き合っている。

「そうだろう。正式なビジネスのときには時計のＴＰＯがあるからな」

「でも、デジタル時計だったらだめなの？　別にいいと思うけど」

「もちろん普段はいいさ。でも、本当にフォーマルな場には、靴も時計もスーツも合わせて決めなければならない。フォーマル用の時計は俺も持ってるし、当然ジャンも持ってる」

「フォーマルとかどうとか、時計なら、別になんでもよくない？」

「俺は特に行ったことないけど、ジャンがよく行ってるような社交界のパーティーには、そもそも腕時計をせずに、懐中時計を忍ばせておく。伯爵家主催の晩餐会《ばんさんかい》や、貴族のパーティーでは」

ジャンがアキオの訳を聞いて、頷いている。

この人らは貴族って軽く言うけれど、生まれてこの方、貴族と言えば鳥貴族しか縁が無い。伯爵家に社交界に晩餐会……そもそもそんな所で何の話をするんだろう。藤子は、先日テレビで見た、ノーベル賞受賞後の晩餐会をぼんやり思い出していた。自分だったら、あの、このブロッコリー美味しいですね、くらいしか言えない。

「えーと。庶民的な例でおねがいします。庶民的な例で」

「正式な場のときは、白文字盤・二針・革ベルト。白文字盤は丸がいい。二針が最良だが三針も良し。あと、黒の革ベルト。革はクロコが格上だ」

「え、金属のブレスレットは何でだめなの？　いいと思うんだけど。あとカレンダー付きとかは何でダメなの」

「別に普通のビジネスならいいさ。これはフォーマルな場の話だ。余分な針がついていないのは、今宵《こよい》は時間を気にせずに愉しみましょう、の意味。あとベルトは、金属のブレスレットよりも革のほうが格が上だから」

「ふうん……」

「他に、なによりも大事なのは、時計の厚み。薄い方がフォーマルに適している」

ジャンやアキオが今日つけている時計も、厚みがある。

「でも、ジャンとかがしてる、なんか目が飛び出そうなほど高い時計って、たいてい分厚くなかったっけ？」

「時計は薄い方が、タキシードなどのフォーマルな服装にはしっくりくる。薄い方が作るのは当然、難しいし」

「なるほどねえ。で、それがアハメットさんに何か関係が？」

「アハメットさんは、その日、いつも愛用している時計ではなくて、時計を付け替えたんだ。そして愛用していた時計をつい落としてしまう。正式なビジネスの場だったから」

ええ……藤子は思う。アハメットさん、のんびり、というかゆったりしていて、とてもそんなフォーマルな場に行くような感じには、失礼ながら見えなかった。先入観と言えばそうだろうけれど。

「アハメットは、僕の時計、よいと言いました」

考え込む。

そうだ、自分だったらジャンの時計は毎度、とてつもないものが出てくると、もう重々知っているからわかるけれど、普通の人が見れば、まだ十代のジャンが毎日そんなに高価な時計をつけているとは夢にも思わないだろう。

「あの日つけていたのも、これだ」

アキオが示す。ジャンが見せてくれたのは、本当に時計らしい時計だった。時計とイメージするとき、一番に頭に思い浮かべるような雰囲気の時計だ。余分なものは一つも無い。ゴールドのケースも、シンプルで品がよく、秒針もなくて、金の針が二本だけ。ローマ数字もゴールドになっていて、中央上部に、BLANCPAINという黒いロゴが控えめにある。すべてが控えめな佇《たたず》まいでありながら、全体としてみれば調和していてとても美しい。とりあえず、そのロゴを読んでみた。「えーと。ブランク・パイン？」

アキオが首を横に振る。

「いや、この時計はブランパンだ。ブランパン　ミニッツリピーター」

「えーと。プランバン？　ブランパン？　バランプン？」

「ブ・ラ・ン・パン」

ふたりに言われる。ジャンたちのおかげで、時計ブランドには少しは詳しくなったものの、ブランパンはまだ聞いたことがなかった。

「ブランパンは、世界最古の時計ブランドだ。彼はこの時計を見て、一番に褒めたんだ。おや、素敵な時計をしていらっしゃいますねと言って」

確かに。ジャンと初対面、ジャンのことを知らずにいて、シンプルなこの時計だけを見て一番に褒めるかっていうと、難しいところだ。アキオも側《そば》にいて、もっと目立つような時計をしているのにもかかわらずだ。

何か細かい細工が絶え間なくくるくる回り続けていたり、針が何本もあったり、中身が透けて見えるような時計ではない。ごく、オーソドックスな形と色をしている。ダイヤなどの目立つ宝石もない。

「彼は、この時計の良さを知ってたってことだ」

「ちなみにおいくら万……あっ知ってる、ミニッツリピーターって音がキンコン鳴る時計でしょ。だったらすごいやつだ。さあ来い」

心臓を叩く。

ジャンが音を鳴らして聞かせてくれた。涼しげな、いい音がする。

「これは、だいたい日本円にして一九〇〇万円くらい」

いつもながらにさらっと言うが、身構えていてもやっぱり倒れそうになる。このシンプルな時計一つに、車何台分もの値段が……

「いやいや待ってよ、でも、そんなセレブは下町のゲストハウスなんて、まず泊まらないよ」

「わからないぞ。有能ビジネスマンはその街の匂《にお》いそのものをかぎたがる。人がどんな服装なのか、何を食べて何を考え、どう行動しているか」

「アハメットは、英語も、とてもきれいです」

ジャンも言う。

「まさかねえ……」

すると、アキオがスマホを操作し、「あ。アハメットさんからお礼のメールが来てる。皆と会えて楽しかったそうだ。どうやら一帆さんとも、今でもやりとりしてるらしい。翻訳アプリはすばらしいな」

おたがいに、好きな馬を介して、たどたどしくやりとりしている様子を想像すると、なんだかほほえましい。

「えーと、その他には」アキオが文を読みながらちょっと止まる。「このたびは私にとって“YABAI”滞在でありました。みなさんによろしく。ということだそうだ」

アハメットさんは一帆のよく言う「やばい」をしっかり覚えて帰ったようだった。

次の日、弁当屋の前を通りかかると、一帆が手際よく揚げ物をしていた。ふと、カウンターの隅を見ると、値段と、英語の他に数カ国語が書いてあって、綺麗にラミネートをかけた表がある。この繊細な飾り文字はたぶんジャンで、筆圧がいかにも強いのはアキオのほうだろう。デザインされた文字もそうだが、縁《ふち》をきれいな文様で囲ってあるのも美しい。

これを見て、お互いに言葉が通じなくても、指をさしたら、誰でも注文できるようにしてあるらしい。

見ていると、一帆がこちらを向いて、「いらっしゃ……なんだい藤子か」と言った。

首にかけたタオルで顔の汗をちょっと拭《ふ》くと、「それ便利だろ。あのふたりに書いてもらった。さすがにトルコ語は書けないってさ」と笑った。

あっそうだそうだ……新製品を仕入れたんだった、と一帆が何かを出してくる。

「これ」

ビールのようだった。見れば、アラビア語のマークがついていて、ノンアルコールと書いてある。どうやらイスラム教対応のノンアルコールビールらしい。

「また夏来るってさ。さすがに食べ物は無理だけど、今度来たら飲み物くらい出してやんないとな。千駄木の夏にはビールだろ、やっぱり」

そう言うと、一帆はにやりと笑った。

アキオは、ずっと考えていた。

アハメットと食事をした帰り道のことだ。

藤子が「あっそうだ。アキオの弟さんは今、スイスなんだっけ。こっちに来たら、たこ焼きでも一緒にどうですって言っておいてよ」と言った。

「わかった。言っておく」

本当のことを言えなかったのはなぜだろう――

＊

アキオは、弟、道也《ミチヤ》のことを思い出していた。

そもそもの発端は、アキオが生まれる前のことにさかのぼる。日本人であるアキオの父は、時計職人にとっては憧《あこが》れの国、スイスの時計学校で、まずまずの成績を修めていた。言葉も能力も何も問題が無かったのにもかかわらず、父のスイス生活は突然、行き詰まることになる。いざ卒業を迎え、もう就職先の時計会社も内定していながら、ビザが下りなかったのだ。

どうしてもスイスに残って時計作りに携わりたかった父は、近くのスタンドで働いていた、顔見知りの、イタリア系スイス人の女の子に話を持ちかけた。

スイスのビザが欲しかった父と、貧しい生活を少しでも安定させたかった母は、利害の一致をみて、即、結婚を決めた。そうして生まれたのが長男の自分と、一歳下の弟の道也だ。その後、母は、弟の道也が生まれたころに、生活のすべてに嫌気が差したのか、子どもふたりを置いて家を出ている。いまだに母親には会ったこともないし顔も知らない。

幼い息子ふたりを抱えて困った父親は、日本在住の自分の母親、おばあちゃんに兄弟ふたりの面倒を任せた。生活費はまとめて振り込んでいたようだったが、成長するその間、ひとつも便りを送ってこなかったし、帰国もしなかった。十四歳で祖母が亡くなるまで、父親という存在は、ぼんやりとした昔の写真数枚のみだった。

祖母が亡くなったことで、選択を迫られる。兄弟ふたり、身寄りも無い日本に残るか、父のいるスイスへ渡るか――

そんなわけで、アキオと道也は、十四歳と十三歳にしてスイスに渡ったのだった。

見渡せば、目に入る物すべてが、尻尾《しっぽ》や頭に毛の生えたような変なアルファベットで、酔いそうになっていた。聞こえてくる言葉も全部わけのわからない言葉で、膨大なひとつのうねりみたいに呑《の》まれて気が遠くなる。歩く速さも違えば、すれ違う奴《やつ》らの臭《にお》いも違う。

「兄ちゃん」道也は、毎晩、日本よりもはるかに高い天井を見ながら言っていた。「帰りたいね」

「俺《おれ》、ジャンプ読みたい。サンデーも。マガジンも」

毎晩のように話していた。自分たちだけで日本に戻って、アルバイトをしながら部屋を借りて、ご飯を作って。でも中学生だったらマンションとか断られるかな、とか、言って。

「ばあちゃんの炊き込みご飯」

「おにぎり」

「ウインナー炒《いた》め」

「おでん」

食べたいものを毎晩、しりとりみたいに口に出しながら眠りについた。

父親は夜だけ帰ってきたが、「ふたりいれば大丈夫だろ」と言った。息子ふたりには本当に何の感情もないようだった。衣食住の面倒をみる義務は果たしたから文句はないはずだ、という態度でいたし、息子ふたりのほうも、自分とどこか似た顔をした男を、父親というより、同居しているオジサンのように思っていた。何かに例えようにも、そのときは語彙《ごい》を知らなかったのだ。今ならわかる。「下宿の大家」だ。

弟は、言葉がずっと上手で覚えも早く、頭のできも良かった。なかなか言葉を覚えない、覚えようともしない兄の通訳をいつもしてくれていた。

語学学校に行っても、巻き舌だ、声を鼻に抜けだ、女性名詞に男性名詞だなんだの、もうすべてが馬鹿らしくて、おとなしく覚える気にもなれなかった。日本から持って来た本ばかり読んでいた。梱包《こんぽう》に使った古新聞も読んだ。読むものがなくなったら、荷物についていた家電の説明書さえ読んだ。ばあちゃんが買ってくれた国語辞典も読んだし、漢和辞典も読んだ。

通りすがりに何か言われたので、「いまの何だ」と聞いたら、道也は「天気の話だよ」と言って笑った。そういうときの道也の笑みの堅さに、はやくから気付いておけば良かったのだ。

道也は、できが良くて、やさしくて強い弟だった。できない兄の代わりに、生活に適応し、どこでもその勤勉さを褒《ほ》められていた。それでも、よく悔し泣きをしているのを知っていた。それは、自分たちの部屋の中だけで見せる姿だった。

「人の何倍も努力して、言葉ができるようになったとしても、こっちの言葉ができるようになってようやく人として一人前みたいに扱われる。あいつらは日本語もできないくせに。漢字だって書けないくせに」

こうも言っていた。「僕たちは、最初からマイナスのスタートなんだ。スタート地点が十メートル後ろにあるみたいなものだよ。それでもこっちで住んで、ヨーイドンで走らなくちゃいけない」「誰《だれ》が連れてきて欲しいって頼んだよ」「帰りたい」「いますぐ帰りたい」

そうしてまた、どうどうめぐりになる。兄弟ふたりだけで戻って、部屋を借りてふたりで……口に出しながらも、そんなことはできないのだと、もう知っていた。それでもふたり、日本語を話しながら眠りについた。

そうこうしながらも、種が野山に根付くみたいにして、ふたりしてこちらの暮らしになじんでいく。言葉ができない人間のできる仕事は限られている。まがりなりにも、できのわるい兄も、言葉を嫌々覚えようとしていたところだった。

道也に問題が起きたのは、スイスに来て数年が経《た》ってからだ。生活での言葉が流暢《りゅうちょう》になっていたからこそ、見過ごされていた問題があった。

論理的なレポートが書けない――

日常の言葉は母語も第二言語もとても流暢で、困ることはなくても、いざ文章を書くとなると、がたがたになってしまう。まるで子どもが思いつきで喋《しゃべ》りながら書いた文章のように。明らかに年相応の文章ではない。

じゃあ母語の日本語で一旦《いったん》書いてから、それを訳せばいい、時間はかかるけれども、それが確実だろう。誰もがそう思っていた。

でもその元となる日本語も、成長するのを止めていたとしたら。

道也は十三歳、中学に入ってすぐくらいのときに、日本を離れている。祖母が厳しくしつけていたせいもあって、六年生までの漢字の読み書きは完璧だった。国語の成績だって良かった。

じゃあそれ以上は？

日本に住んでいたら当然、年相応に触れているはずの言い回しや語彙も、あるときから全く触れることなく育ったとしたら。

「僕の中には、言葉がない」

道也はぽつりと言っていた。まだ若いし、今から、少しずつでも言い回しを覚えていけば大丈夫だ、と語学の先生は言う。

例えば、「抽象的」という言葉は、「抽象的」という概念が先にあってから、母語で「抽象的」とラベルを貼《は》られ、頭の中の本棚に収まる。年齢ごとに、言葉である〝本〟の数も種類も、豊かになっていくのが普通だ。本が豊かであれば、あとから何語を覚えても、ラベルを貼り足していけばいい。でも、その本棚自体が、元からすかすかで貧弱なものだったとしたら。そして、その本棚には、あとから本を追加することは難しいのだとしたら。

「俺《おれ》が中一の国語までだったら教えられるから、ぼちぼちやろうぜ。道也はこっちの言葉は上手なんだからさ。発音もいいし。大丈夫だ」

そう言ったところで、道也の表情は変わらなかった。

「ねえ、僕らは、人並みになるためだけに、いつまでこんな、人より勉強しなくちゃいけないのかな」

こんなに努力して得たはずの語学力が、母語も第二言語も限定的な広がりしか持てないものだったとしたら。そしてそれが今後、進学や就職の大きなハンデとなることが予想されるのだとしたら――

母語と第二言語、どちらも限定的な能力しかない人間を指す言葉があると、そのとき初めて知った――〝ダブル・リミテッド〟。

その響きを聞いたとき、道也は将来どっちの国へ行っても、もう〝限定的な〟人間なんだと烙印《らくいん》を押されてしまったように思えた。兄の自分がそう思ったのなら、当事者である弟はどうその言葉を聞いただろう。

「これから大人になっても、僕だけが子どもおじさんみたいな言葉でしか話せないんだ」

道也はそうやって、うっすらと笑みを浮かべる。

何も言えなかった。

道也がいないときを見計らって、父親にも食ってかかった。「道也の日本語をどうして注意して見てやらなかった。第一言語にもその年齢に沿った発達があるんだ。なぜ放《ほ》ったらかしにしておいた」

父親は、そんなもの言語学者でもないのにわかるものかと言い、今から本でも何でも読めば直る、自分だって語学は苦労したと、とり合おうともしなかった。

もしも、自分のほうが後に生まれていたら。

もしも、自分の言葉がもっと上手だったら、道也はあんなに通訳をしようと頑張らなくてもよかったのではないか。

もしも、ふたりとも、あと二年後にスイスに来ることになっていたら。

もしも。

数え切れないほどの「もしも」を、繰り返す。

道也の最後の言葉は、「帰りたいね」だった。

日本に帰って、今ここに住んでるんだってトトキ時計店を見せて、ばあちゃんの墓参りをして元あった家の所に藤子とジャンと道也と一緒に連れ立って旅行して――

藤子がこっちを見た。

「アキオ？　ねえ、人の話聞いてる？」

「聞いてるさ」

そう言うと、藤子は明らかに不満げな顔をして、むくれた。

なんとなく藤子の頰《ほお》に触れてみる。指先だけでも、やわらかくあたたかいものに触れておきたくて。

「何、いきなりもう」

「いや。なんかついてた」

藤子がごしごしと頰をこすった。

「取れた？」

「ん」

前を歩くジャンと一帆とアハメットは、何か面白いことがあったのか、三人とも笑う。何を言っているのか聞こうと、ふたりして足を速めた。

第四章　ダイバーズウォッチと宝探しの海

五月の連休を前に、テレビも街もなんだか活気づいているような気がする。

ジャンとアキオが帰ってきたので、予定を聞いてみた。

「あのさ、今度の店の休みを連休にして、レンタカー借りて、海に行こうと思ってるんだけど、どう?」

ふたりとも「海!」「うみ!」と言って、なんだかもう、勢いよく回り出したネズミ花火みたいに、気持ちを抑えきれないようだった。

「藤子そうだろ、海な、海。ビーチでのんびりも最高だし、デッキチェア、打ち寄せる波の音……カクテルを片手に日がな一日読書。ジャクジーで夕日を眺める。なにもしないことをする愉《たの》しみ」

いや、あの、と言いかけるのをジャンが遮《さえぎ》る。

「うみ、いきたいです。僕の船。船!」

「呼んじゃう? 待て、日にちがないから、あのクルーザーはいくらなんでも間に合わないだろ?」

クルーザーとか、だんだん話が大きくなっていく。その間にもふたりともウキウキを加速させている様子。

「あたらしい船、日本で買いますか？　上海《シャンハイ》から？」

あわてて言う。「いやジャン、本当に何も買わなくていい買わなくていい」

「俺《おれ》、水着買ってくる。こうなったら奮発する」

「僕も」

ロエベだエルメスだなんだと大騒ぎしている。

「いや、泳げないよ、まだ五月にもなってないくらいだから水、冷たいし、泳がないって、ねえってば」

「知ってるさ。泳がないけど日焼けをだろ？　いやー、身体《からだ》造ってきた甲斐《かい》があった」などと、アキオが大胸筋のあたりを撫《な》でさすっている。「あと四日か……追い込もう」

「いや、アキオ、本当に水着着なくてもいいから、そもそも、海って言ってもアキオたちが考えてるのとは違う」

説明しようとしているのに、もうふたりとも「行こう行こう」と、大はしゃぎで買い物に行ってしまった。

海と言っても、潮干狩りなんだけどな……

それからも、「アキオ、行くのは潮干狩りだからね、水着とか、本当に要らないから」と説明しているのにもかかわらず、「はいはい、了解、あれね。そうそう、レンタカーにはチェアとか積める？　それともホテル併設のビーチ？」

「いや。だからホテルじゃないし。大洗《おおあらい》の海。浜だよ。貝を獲《と》るの、貝を獲りに行くの」

「大洗のビーチか……貝殻を集めるのもなかなかにロマンチックだな」と、もう夢心地になり、全く話が通じていない様子。どうやらアキオは潮干狩りをまったくせずに育ったようだ。わかりそうなものだと思ったのだけど……

アキオも日本で運転するための国際免許を作ってきたというのだが、右ハンドルの車は乗ったことがないというので、一応は慣れている藤子が運転することになった。体格のいいアキオが後ろに座り、ジャンが助手席に座る。

ふたりのテンションは高く、「あのさ、海は海だけど、今から貝を獲りに行くんだからね」と念を押しても、「貝ね、貝、ところでこの時計見て藤子」とアキオが後部座席から身を乗り出して、真新しい時計を見せてくる。

「買い物ついでに奮発して買っちゃった。せっかくの海だし。海」

文字盤の深い青がグラデーションになっていて美しい。有名な王冠のマークがある。がっしりとした手首によく似合っていた。

「えーと。それ、ロレックス、だよね？」

「貯金をつぎ込んだ……」アキオが、感慨深そうに言う。「ロレックス　ディープシー。このディープシーの防水性能こそ、世界に誇るロレックスの最強モデル」

「防水性能？　ああ、生活防水がどうとかあるよね」

「日常生活防水は、雨が当たったり、手洗いをしたときくらいは壊れないというレベルを指す。潜水時計、いわゆるダイバーズウォッチでは、だいたい十気圧防水、水深一〇〇m相当の耐圧性能を持つのが普通だ。でもこのディープシーは、三九〇〇m防水だからな。三九〇〇m。三九〇〇m。三九〇〇m……」

アキオが四回も、こだまみたいに、三九〇〇mと厳《おごそ》かに言う。その三九〇〇mがあまりピンとこないけれど、富士山よりちょっと高いところを想像してみる。

「ロレックスのすばらしいところは、様々な冒険者の偉業と共にあったところだ。ドーバー海峡横断、エベレスト登頂。どれも時計にとってはとても過酷な環境となる。ドーバー海峡では、女性のメルセデス・グライツがロレックスを腕につけ、泳いで横断した。エベレスト登頂では、激しく振動する上に外気はマイナス三十度にもなる。油も何も、精密機器は凍り付いてしまうのが当たり前の気温だ。それらの輝かしいチャレンジの側《そば》にあり、挑戦者を一番近くで励まし続けたのが、このロレックスだった」

本当に誇らしげだ。

「海峡横断、エベレスト登頂ときて、ロレックスの新たな挑戦の場。それが、深海だ。ジェームズ・キャメロン監督と共に、深海へ——」

「えっジェームズ・キャメロン監督って、あのタイタニックとか、アバターの？」

「そうそう。ジェームズ・キャメロン監督自身、すばらしいダイバーだからな。マリアナ海溝へ一人乗りの潜水艇《せんすいてい》に乗って、深海の底まで降りていったんだ。潜水艇のロボットアームに、試作オイスターケースの、ロレックス ディープシー チャレンジをつけて」

ロボットアームにつけて、と簡単に言うけれども。時計は、そもそも箱みたいには密閉されてはいないものだ。時刻を合わせるためのリューズも要るし、ガラス風防も要る。

そういえば、何かの実験映像を見たことがある。それは、廃バイクを海に沈める映像だった。あるときから、ベコッ！　と音を立ててパイプがへしゃげていき、最後にはタンクも押しつぶされてしまった。頑丈な金属でできているはずのバイクだって、深海ではへしゃげ、ぺたんこになってしまうのだ。引き上げたころには、あわれ廃バイクはねじれてつぶれ、なんとも無残な姿になっていた。

それを、もっと精密な機器である時計で。

「ふうん……」

「いいだろこの時計、ジャン見ろ、藤子が時計に興味を」「ディープシー チャレンジ」「すばらしいな」「うつくしい機械」「この機能美……時計にはロマンがある。そうだろ藤子」

などと、助手席と後部座席で讃《たた》え合っている。

「でもさ。そんな防水ってできるものなんだっけ。だってさ、水がどうやっても隙間《すきま》から染みこむでしょ、リューズのところから。水圧？　もあるしさ」

「だろう。普通ならそうだ。深海なんて何回もチャレンジできるものではないし、途中で壊れました、ということだって当然ある。そうなったら世界中の大恥だ。でもこれは、ロレックスの時計だ。数々の挑戦と共にあったロレックスの時計。どんなメーカーだって尻《しり》込《ご》みする場でこそ、ロレックスの性能が輝く」

アキオも今回の買い物が、相当嬉《うれ》しい様子。左手を見せながらの蘊蓄《うんちく》も熱を帯びる。

「時計の上に、自動車を置いてみろ。小さい車じゃない。ワゴンだ」

想像してみる。

「まあ、普通に割れる……よね」

「その上に、もう一台載せてみろ。想像できた？　そう、ならもう一台。そうして、十台をどんどん積んでみろ」

なんだかすごいことになってきた。

「深海だと、水圧が車十台分にもなる。その重みが時計に絶え間なくかかるんだ」

赤信号になって、まじまじとアキオの時計を見た。見た目、普通の時計だ。でもよく見たら、十二時の青がだんだん深くなっていき、六時のところは濃い紺色になっている。ディープシーという名の通り、なるほど深海のように見えて美しい。

「素材から考えぬかれた窒素合金ステンレススティール。ロレックスが特許をとったリングロック システムが水の浸入を許さない」

「ほんと、そんな深くまで行ってよく壊れなかったよね……」

時計は細かな部品の集まりだ。ほんの少しでも、たぶん髪の毛の百分の一くらいでも、部品の間に隙間があれば、そこから海水が入ってしまう。かといって全部を金属で覆ってしまうわけにもいかないのだ。時刻表示が見えない。

「でもさ、そもそもダイバーズウォッチって言うけど、スイスって、海あったっけ」

藤子がだいたいの位置を頭の中で思い浮かべる。そういえば、スイスと言えば群馬《ぐんま》県みたいに、ヨーロッパの真ん中あたりにあったような……

「Lac Léman!」「藤子お前スイスが海無し国だと思ってるだろう、海軍みたいな船舶部隊だってある」「みずうみ」「レマン湖は深いし透明度だってすごい」「さかな」「そうフライにすると美味《うま》い」

ふたりして騒がしくなる。

「でもどう考えても、三九〇〇m防水もいらないのでは……」

「馬鹿言え、俺はロマンの話をしているんだ。深海——まだまだ解明されていない謎《なぞ》の世界を思うとき、俺の心はいつだって海と共にある。このディープシーと共に」

ミラーで見ると、アキオが胸に左手を当てて目をつぶっている。

途中、谷田部東《やたべひがし》ＰＡに車を停《と》めて休憩した。大体半分くらい来たところだろうか。

「甘いものが食べたいな」と、アキオが何か探しに行った。

そういえば、ジャンも今日はダイバーズウォッチのような雰囲気の時計をしている。赤みがかった金が美しい。よく見えるように見せてくれた。優雅な青い針がついている。真ん中の上に、小さな音符のマークがついていてちょっと可愛《かわい》い。

「ジャンの時計はもしかして、一万メートルくらい潜《もぐ》れたりするの」と聞いてみると、首を横に振り、「三〇〇mです」と言う。

アキオが大きな手に挟むようにしてソフトクリームを三人分買って帰ってきたので、ベンチに並んで食べた。

食べ終わったあたりで、なぜかアキオが自分のスマートフォンを渡してくる。「藤子、ちょっとディープシーをつけてる俺の写真を撮ってくれ。あっ右から。いや、もうちょっと光がいいところがいいから、ちょっと来て。いやごめん、来てって。あ、角度はこのあたりで。いや、もうちょい右」などと、うるさいことこの上ない。

顎《あご》に手をやったり、木に手をついたり、「あのさ、そろそろいいかな……」と言っても、「ちょっと待って」と言ってシャツのボタンを一つ外したり、サングラスをかける途中で止めて、眩《まぶ》しそうにこちらを見たり、眉間《みけん》に皺《しわ》を寄せてみたりして面倒くさい。

ジャンは、いきなりの、バン！　という音に何事かと驚いたようだけれど、あれは焼き栗屋さんだよと教えてやる。ポン菓子のように、熱と圧力をかけてはじけさせているらしい。一袋、焼き栗を買って皆で分けると、指を栗の皮で真っ黒にしながら、ジャンも「おいしい」と言った。コーヒーを飲んで、さあ出発となる。

時計の話を聞きながら、出発してから二時間半くらいでようやく海岸に着いた。

大洗に住む親戚《しんせき》やいとこたちと、みんなで潮干狩りをするのが、小さいころの恒例行事となっていた。ゴールデンウィーク前後、だいたいこの日あたりという見当をつけて、母と妹と三人で車でよく行ったものだ。

藤子は本当に久しぶりの参加となった。親戚の中には、小さい子どももいるので、一応浅瀬とは言え、海だから大人が多いほうが助かるわ、ということで、まあ言うならば子守にかり出されたのだ。

駐車場に車を停めて出ると、もう潮の香りがした。日差しは夏のようだった。三人して、ビーチサンダルに履き替える。バケツやクーラーバッグ、熊手《くまで》などの荷物を分担して持つ。着くと海の家があり、そこでもう、ごろごろしている人たちがいる。

「ハ・マグリ」

ジャンが赤いのぼりのひらがなを読んだ。海の家の店先で、ハマグリを焼いているらしく、タレが焼けるような、いい香りがする。海の家のお兄さんが、パタパタと団扇《うちわ》で扇《あお》いでいる背中が見える。

海の家は二階建てで、中はござが敷いてあり、ジャンは裸足《はだし》の足の裏の感触が面白いのか、不思議そうにしていた。

「ここで着替えられるし、あとご飯とかも食べられる。ロッカーもあるから、貴重品はロッカーに入れたらいいよ」と教えてやる。「水着はとりあえずどっちでもいいけど、着たいなら着るのもいいし」と言うと、ふたりとも着替えてくるらしかった。藤子はショートパンツのままで、パーカーを羽織って腕をまくった。首にタオルをかけ、麦わら帽もかぶる。この麦わら帽は後ろ半分がスカーフのようになっていて、首の下で結ぶと、後ろからの日焼けを防ぐすぐれものなのだ。熊手やスコップなどの道具をチェックし、今日は頑張るぞとアキレス腱《けん》をのばしたりしてみる。

何か周囲がざわざわしている、と思ったら、アキオとジャンが更衣室から出てきたようだった。

一人はなぜか上半身脱いでいて、そればかりではなく、なんかこう……テカテカしている。屋上にバーベルとか鉄アレイなどをいろいろ置いていて、鍛えているとは知っていたが、そんなに鍛えているとは知らなかった。テカテカにより余計に筋肉の凹凸《おうとつ》が目立って見える。割れた腹筋もすごいし胸毛もすごい、だいたいいつも自慢げなのが、より自慢げになっている。左手にはディープシーという例の時計。

隣のもう一人は白い水着に、薄手のやっぱり白いはおりものを羽織って前を開けており、そのほっそりした腕と首筋のはかなげな感じとか、頭身と腰の位置の高さに呆然《ぼうぜん》となる。こちらも左腕に時計をしている。

三人で集まり「何その格好」「何だその格好」「トーコめずらしい帽子」と同時に言い合うが、もう集まっていたいとこや親戚に「ああ藤子ちゃんいたいた」と呼ばれるのでそちらへ行く。子どもたちに挨拶《あいさつ》をし、「こちら、話してた、スイスから来たクロサワアキオさんとジャン君」と紹介してみた。

親戚たちもあんまりびっくりしたのか、最年長のおばさんも、孫にせんべいをやろうとしていて、開けたせんべいの袋を孫にやり、中のせんべいをごみ袋に捨て、孫も上の空でせんべいの袋を受け取り、「とてもかわいいです。お名前はなんですか」とジャンが幼稚園児の子の名前を聞くと、いとこが「トモ江《え》です」と自分の名を名乗ってしまうなど混乱を極めた。

もう砂浜のあちこちに人が散らばって、思い思いの体勢で貝を掘っている。ずいぶん沖まで歩いて行っている人もいる。この海岸はずっと沖まで遠浅なので、潮干狩りでは有名なのだ。

ふたりにとって、はじめての潮干狩りは、想像もしていなかった光景のようだった。

サングラスを頭の上に押し上げてアキオが、「土……」と言い、ジャンも「トーコ。これは………労働？」と、バケツと熊手片手に呆然としている。

「ジャン、労働じゃないよ、貝を獲る遊びだよ」と、足先で砂をさぐる。しばらく探って、「ほら」海砂の中から探り出したアサリを見せてやる。

「明日の晩ご飯だからね。ハイいっぱい獲って!」と、ふたりの背中を沖へとおしやった。子どもたちは早々に海から上がってしまったので、三人で本格的に貝を獲ることにした。ジャンが麦わら帽子をかぶってみたがったので、かぶせてあごの下でスカーフを結んでみたら意外と似合う。ポーズをとったらパリコレとかの斬新《ざんしん》な衣装みたいになって笑った。それぞれに貝を獲るという作業に面白みを感じてきたようで、初めはとまどっていたふたりだったが、今では熱心に貝を獲っている。

はぐれ貝もいるけれど、基本、貝はさびしがりらしく、同じ所にまとまっていることが多いのに気がついた。水深は二〇センチ位のところを、足先でさぐって、何か当たったら熊手で掘る。

これだけ獲れたら、夜は何を作ろうかと楽しみになる。

足先で探っているとき、あっ、と思った。

貝の、巣だ。

この集まり具合は尋常ではない。自分で全部獲ってしまおうと思ったけれども、三人だとぜったいに早い。藤子は目印になるようなものをと思い、ちょうどそのあたりにあった枝を目印に立てた。

「来て来て、ジャンもアキオも」と呼びに行く。見ればふたりとも結構バケツの中に貝が溜《た》まっている。

「すごいところ見つけちゃった。貝がいっぱいいるよ。急いで急いで。目印に枝を突き刺しといたから」と、ふたりに声をかけた。

呼んできた――と思ったら、どこにも目印の枝がない。

「あれ、ここに枝を、目印にしておいたはずなのに」

「目印ってあれのことか」とアキオが指さす先に、波にたゆたう枝が見えた。残念ながら、目印の枝は浮力で浮いたのか、風に倒れたのか、けっこうしっかり砂に刺していたのに、抜けてしまったらしい。

だいたいこのあたりなんだけどな、と足で探すがいっこうに巣は見つからず。ああ、もう、さっきの位置さえわかれば……とつま先で探し続ける。

「時は大航海時代！」いきなりアキオが妙なことを言い出した。「海の、ある宝を求めて、老いも若きも、富める者も貧しい者も、様々な人が知恵を絞った」

「何、海の宝って？　貝のこと？」

「それはそれはすごいお宝だ。名誉と金が両方手に入る。必要なのはここだけ」と、アキオが頭を指でコツコツ示す。

「ふうん」と足先で砂を探りながら言う。

「海は、こんな風に目印になるものが全然無いだろ。貝が目的地の島だとしたら、藤子船長の航海はとりあえず大失敗だということになる。だから大航海時代には、水難事故がものすごく多かったんだ。難破に遭難。大事な積み荷も海に沈んでしまう」

そういえば。この前見た、ある物を思い出した。アストロなんとか。

「でも、何だっけ、アストロなんとかがあったでしょ。あれでもう、方角とか位置はばっちり大丈夫だったんでしょ」

「アストロラーベ」ジャンが補足してくれた。「そうそうそのアストロラーベ。たしか、あれがあるから位置がわかるんじゃなかったっけ」

「残念ながらアストロラーベでわかるのは、緯度だけだ」

「いど？ 井戸？」

「緯度」いいながら、アキオが宙に大きな丸を書いた。「これが地球。真っ二つの横半分が赤道。緯度は横の線だ。習わなかったか？」

そういえば、はるか昔、社会の時間で習ったような……

「緯度だけわかれば、まあまあ十分じゃないの？」

「残念ながらそうじゃない。海は広大だ。緯度だけで航海していた時代は、大惨事もたびたびあった。船が四隻とも岩礁《がんしょう》に突っ込んで、二千人もが一度に亡くなるような規模の事故も。航海中の現在地があいまいなのだから当然だ。今の貝だって、目印のない海だと、もうどこだかすぐにわからなくなったろ。もし緯度だけじゃなく、経度がわかれば、遭難を恐れ、今まで陸伝いに大回りで行くしかなかった航海も、太平洋をつっきることができる。海を最短距離で行けるようになるだろう。だから、一七一四年にイギリス議会が、ある法案を作った。壮大なる知識レースの始まりだ」

アキオが、ためにためる。

「――経度を発見したる個人ないし、法人に報償を与える　金二万ポンド也――」

見えもしない経度に、二万ポンド？

「今で言うと、そんな大きな額ではないかもしれないが、当時の金二万ポンドは、今のレートに直すと、一〇〇〇万ポンド。日本円にして、約、十四億円。億万長者になるだけでなく、世界中の名誉を集めるチャンスだ。なにせ、正確に経度を出せる方法さえ解ければ、世界の海の覇権を握ることができるのだから。老いも若きも、誰《だれ》もが必死になる」

経度、というと、地球を縦に割る縦の線か……

まあ確かに、どこを船で行っているかわからないままに、ヨーロッパまで航海とか、絶対行きたくないなと思った。

でも、経度なんて、そんなものどうやって割り出せるのだろう。

「さて、経度を知るためには、あるものが絶対に必要でした。それはなんでしょう」

またクイズのようなことを言い出す。

「えーと。望遠鏡？」「分度器？」「地図？」

どれも不正解のようだった。

アキオとジャンが並んで左手を見せる。はっと気がついた。

「わかった鳥だ、鳥を飛ばして上から――」

「全然違う！」

アキオが首を横に振り、ジャンも笑っている。

「時計だ、時計！　経度を知るためには、時計が絶対に要るんだ。それも、真に正確な時計が」

「でもさ、そのあたりの時代とかだったら、時計ってもうあったよね？」

「あるにはあった。正確な時計も完成していた。でもな、その当時の正確な時計は、どうやって動いていた？」

時計の形をなんとなく思い浮かべた。カッチ、コッチと振り子が左右に揺れる。

「えーと振り子」

「そうその通り、振り子で動いていた。でも航海には船だ。では、海の上で振り子の時計は使えると思うか」

ジャンが、腕をゆらゆらさせた。うむ、とアキオも頷《うなず》く。

「海の上には何がある」

「波？」

「そう、波があると船が揺れる。船が揺れたら振り子はどうなる？」

あ、と思う。確かに、普通、地面が動かないところに、時計は置いてあるものだ。これが揺れたりしたら、振り子がめちゃくちゃに動いて、ダメになってしまうだろう。

「波でどんなに揺れても影響を受けず、温度の影響も受けない時計が要る。経度を知るためにはどうしても要る」

「温度は何で？」

「北半球から南半球に行ったら季節も逆になる。温度が変わると、振り子の金属も膨張したり収縮したりする。そうすれば時計は少しずつ狂ってしまう。そうなれば、ちょっとの狂いでも、後々何十キロも誤差が出る。もう目的地にはたどりつけない。だから、揺れても、温度がどうなっても正確な時を刻む高性能なゼンマイ時計が、航海にはどうしても必要だった。時計職人たちは、その未知なる時計を完成させるために知恵を絞ったんだ」

「十四億円もらえるんだったら、わたしも頑張る」

「藤子だったらどうする」

うーん。と考え込んでしまった。

「そこで現れたのが、時計職人ジョン・ハリソンだ。父親は大工、ジョンも大工だったが子どものときから大の時計好きで、時計を直すのを趣味にしていた。ブロックルスビー・パークの時計、覚えてるか。リグナムバイタの木の時計」

「ああ、あのリグナムバイタ……」あの後、幸多朗はまたギター製作の専門学校に通い始めたのだった。リグナムバイタの木の効果はてきめんだったようだ。まあ、幸多朗のことだから、またいつ「やーめた」と言い出すかはわからないけれど。とりあえず、おばあちゃんのリグナムバイタが、温室で大切に育てられていることは確かだ。

「その大工ジョン・ハリソンは、ブロックルスビー・パークの時計が、たびたび狂うので、そのたびに修理に通っていた。問題が起きるたびに観察し、新しい機構を考え、どうして狂ったのかを細かく検証していった。そのうち、油が冬には粘り、夏にはさらさらになって油の厚みに差が出る、それが問題だと気付いたのだという。そのことにより、木自体から油が染み出るというリグナムバイタで軸受けを作ろうと思いついたんだ。彼は大工だけれど、問題を見極め、なぜそうなるのか、そうならないためにはどうすればいいか、検証し、知恵を絞ることができる、希有《けう》な人間だった」

ただ、修理しました。おわり。だと、後世に残るような仕事はできないのだなと、しみじみ思う。

「そのジョン・ハリソンは、経度の問題を解けるのは自分しかいないと考え、一七二八年ごろ、ロンドンに渡った。仕事を援助してくれる人を探すために、グリニッジ天文台の王室天文官に会いに行ったんだ。そこで紹介されたのが、王認学会《ロイヤル・ソサエティ》フェローのジョージ・グラハム。かたやジョン・ハリソンは、まあ言ってみれば田舎の大工だ。最初、それはそれはふたりは険悪だったそうだ」

なんとなく見えるようだ。ロイヤルなんとかの偉いさんは、ジョン・ハリソンを見て、なんだこの田舎大工は……と思ったのに違いないのだ。

「でも、今まで自分が時計についてやってきたことをジョン・ハリソンが辛抱強く話すと、だんだんと、ジョージ・グラハムのほうも目の色を変えてきた。こいつは本物だと。ジョージ・グラハムも、研究資金を貸そうと申し出た。それで、ジョン・ハリソンはPP1、PP2の制作に取りかかる。いままでの時計修理、ブロックルスビー・パークでの修理の経験がここに生きてくる。でも、航海に使う海洋時計を作るには、まだまだ改良が必要だった。波の揺れに弱い振り子をやめて、ゼンマイを使わなければならない。そして一七三五年、H1が完成した」

ちょっと計算する。

「その人、七年も時計ばっかりいじってたのか……」

どう考えても、どうかしてるなあ、と思うけれど、世の天才なんて、たいていそういうものなのだろう。

「H1、H2、H3と作っていくものの、まだまだ正確なものはできない。でも、この時計こそが経度問題を解く鍵になると委員会も考えたのだろう。彼に研究資金の援助を続けた。そしてついに一七五九年、大型携帯時計であるクロノメーターH4が完成する。それは驚異的な精度だった。ジャマイカへの試験航海では、誤差はたったの五秒のみ。距離として、わずかなずれしか出ない。もう、船が難破したり遭難したり、危険だらけの航海から、人類は守られる」

「待って、ロンドンに移ってから、そのクロノメーターができるまで、何年経《た》ったんだっけ。取り組みの最初から」

「えーと……」しばらく考えながらアキオが言う。「三十一年だな」

「なんて言って良いかもうわからんね。すごすぎ」

今の自分の年より長い年月をかけて、時計一つのためにとりくんだことを思って、気が遠くなる。

「でも懸賞金はもらえなかったんだ」

「ケチ！　ひどい」

ケチ、が気になったのか、ジャンがアキオに訳を聞いている。「けち」という、新しい言葉を覚えたようだった。

「でも、それまでの研究資金を合わせると、懸賞金を少し超える額にはなっていたそうだ」

「それでもねえ」

「――〝これほどまでに長く生きながら、そのいくばくかの時間を、これを完成させるのに使えたことを、全能の神に心から感謝する〟と言い残して、ジョン・ハリソンは八十三歳でこの世を去る。経度の問題を解き、H４という、素晴らしき時計を産み出したことに、心からの誇りを感じながら」

藤子は思う。きっとジョン・ハリソンの日常は、トライ&エラーを繰り返す、とても地味なものだったのだろう。でも、それを積み上げてこそ、できるものがあった。何かを完成させるために、自分の人生を使えたことに心から感謝しながら、世を去ることができるなんて、職人としては、本当に幸せなことだったにちがいない。

藤子は、父のことを思い出す。父も、きっと、ジョン・ハリソンと同じように、今ここにない、すばらしい「何か」を産み出そうと、あがいていた。その過程で何が違って、何がどう作用して、父の心は壊れてしまったのだろうか。きっと当時の航海みたいに、ほんの少しのずれで、目的地に着くことはできなくなってしまったのだろう。

その経度の謎を解く、賞金レースの間にも、語られない、無数の職人たちの物語があったのかもしれない。それを支え続けた家族のことも。今となっては、もう知るよしもないけれど。

ふいに海風が吹いて、目を細める。

「よし、そろそろ一回、休憩するか」

アキオが貝のバケツを揺すりながら言う。ジャンも、「おなかが、ぺこぺこしました」と言って、海の家のほうを見た。

アキオの長い長い蘊蓄のせいか、水位が少し上がっていて、今はふくらはぎの上くらいまで水が来ていた。いまから水が増えていくのだ。それまでに、まああの収穫があったのでよしとしよう。

水は温かくて、一歩歩くごとに砂に裸足の足が少し沈み、変な感じがする。アキオもジャンも貝探しのためにビーチサンダルを脱いでいたので、足の裏がくすぐったいようだった。しばらく歩いて、水から出て斜面を登ったら、急に身体が重くなったような気がする。サンダルを履いて、海の家に向かった。貝は、保冷剤を少し入れておいたクーラーボックスに入れて、濡《ぬ》れ新聞紙で包んだ。

なんだか、かき氷がとても美味《おい》しそうに思える。そう思ったのは藤子だけではないようで、三人ともかき氷を食べることにした。藤子はイチゴ、アキオはブルーハワイ、ジャンはレモン。喉《のど》も渇いていたし、暑いしで一気にかき込んだ。途端に頭がキーンとなる。ふと見ると、それぞれふたりとも同じようにこめかみを押さえ、いろんな言葉で「痛い」などと言っているようで笑った。

甘くて冷たい氷の欠片《かけら》は、びっくりするほど美味しく喉を滑り降りていく。三人で舌を出しているところを、集まって写真に撮ったりする。

ちょっと休憩しよう、ということで、三人ともござの上に伸びた。ござが微妙に砂でざらざらだが、疲れているのでそのまま横になった。ふとみると、隣のジャンは日焼けで鼻のところが赤くなっている。夏本番ではないけれどけっこう焼けている。反対側のアキオも日焼けオイルのせいかこんがりしている。藤子も、かぶっていた麦わら帽を顔の上にのせて、一休みすることにした。

「藤子は色気というものをどこに忘れてきたんだろうな……おいヘソが見えてるぞ」

Tシャツの裾《すそ》を引っ張る。目をつぶって、帽子をかぶったままで「ハイそこううるさいですよー」と答えた。

「思ってたのとは違うけど、貝を獲るのは、まあ、面白いな。充実感がある」と、アキオの声がした。

ジャンに訳してやったのか、すぐ反対側の隣で、ジャンも「おもしろいです」と言った。

「砂を掘ったら、貝が出る」

「そんなのあたりまえじゃない。潮干狩りなんだからさ」

「でもな、ものづくりに関して言えば、掘ってもぜんぜん出ないことがある。掘ったら危険なところもある。それは、掘ってる側の人間には全くわからないんだ。海の真ん中、一人ぼっちで」

まあそうだ。ものづくりには、緯度も経度もない。あったらどれだけいいだろう。ちょっと右、ちょっと左、はいOK、正解だったなら。

「それでも、自分で掘り進むしかないんだよな」

アキオがしみじみと言う。海はなんだか、人にいろいろなことを考えさせるようだった。

遠くに波の音がするのを、聞くともなしに聞いている。

そのうち、ふっと意識が深く沈んでいって、指先からだんだんと、気持ちよくその音にとろけていった。

どのくらい経ったのだろう。

波の音がして、子どもたちの声が遠くで聞こえる。

潮の香り。

ぴくん。と身体が動いて、急に意識が戻ってきた。暗がりに星のような点々。そうだ、麦わら帽を顔にのせていたのだった。

ジャンのうっとりした声がする。

「……Schläfrige Prinzessin《眠り姫》」

なにかアキオがごにょごにょ外国語で言ってから、日本語に切り替えた。

「いや、眠り姫はこんなにいびきかかないだろ。腹も掻《か》かないし」

「イビキ?」

アキオが訳して説明している。ああ、とジャンが納得したようだった。むぎわら帽子を取ったら、ほとんど添い寝みたいな距離感で、頬杖《ほおづえ》をついたふたりともに至近距離で見られていて、「なんだよもうあっち行って! 暑苦しいなあもう!」と左右に転がって体当たりしつつ両側に押しやった。

少しだけでも熟睡できたので頭がすっきりした。起きて大きくのびをする。見れば、隅《すみ》のほうで、親戚の子どもたちがだるそうに、六人くらいで固まっている。この前会ったときには、まだよちよち歩きとかだったのに、大きい子は小学生高学年くらいになっていて、親戚の子どもたちの成長の早さに驚く。

どうやら、小さい子らと親たちは潮干狩り、ちょっと大きな子らは暇そうにゲームをいじっているらしい。よく考えてみれば、来たときからこの子たちはゲームをやっているのだ。ちょっと行ってみることにした。

「ああ藤子おば……おねえちゃん」目力は通じたようだった。

「何やってるの。貝はたくさん獲れた？　もしかして海入ってないの？」

「潮干狩りとか、正直だるいもん。海、ベタベタするし」「つきあいで来てるし」

この年頃の子らはもうそんなことを言い出すのかと、ちょっとびっくりした。

アキオたちも、どうしたのかと見に来たようだ。ちょっと説明してやる。

「でも、せっかく来たのにさ、ちょっとは海に入ってみたらどうかな」

ゲームをしながら、その男の子がちらりと目だけを上げた。賢そうな眼鏡をしている。

「帰りのスーパーでも買えるから、特に海であさりを探す意味なんてなくないですか」

と、潮干狩りの意義を全否定する。

「でもさ、海だよ？　大自然だよ？　楽しいよ。おねえちゃん、貝いっぱい獲ったし」

「……日焼けするから、ちょっと」

今度は女の子が、そんなことを言い出す。

「海、楽しいのに」

「今は、ネットで調べればなんでもわかるから、実際の海とか興味ないし」

この子も、タブレットから顔を上げないで言った。ゲームは、海の中をキャラクターが進んでいく場面のようだった。

後ろで、アキオがジャンに何かを説明しているようだった。

「ほう。いいな最近の子どもたちは」背後から急にアキオが言い出すので、また長々とした蘊蓄かと思って「別にいいよアキオ、最近の子たちの考えなんだから……」と、たしなめる。

「みんな退屈してるんだろ。じゃあ、一つクイズを出してやろう。水の中で、音は地上と同じように聞こえるでしょうか」

子どもたちは、この海の家の空間に退屈しきっていたのか、「聞こえるだろ」「いや聞こえないよ」「耳に水が入るから聞こえないはず」「聞こえないと思う……」などと話し合い始めた。

藤子も、「水の中は、たぶん音とかあまり聞こえないいんじゃないかなあ。水があるし」

と言った。

「なら実験してみればいいんだ。やってみればすぐにわかる。ただ、この実験には人数がいるんだ」

「いきましょう」

アキオとジャンが同時に海の彼方を指す。子どもたちも、実験と聞いたら結果が気になるらしく、それぞれゲーム機を鞄《かばん》にしまって立ち上がった。

「いまから試すのは、一八二六年、スイスの科学者ジャン＝ダニエル・コラドンと、シャルル・フランソワ・ストゥルムによって行われたという音の実験だ」

「日本で言うと江戸時代ですね」と、賢げな男の子が言う。

さっきよりもずいぶん潮が満ちたのか、水深が深くなっていて、海辺にも人が少なくなっている。沖に歩いてちょっとしたら、ふとももにまで水がきはじめた。海の上は凪《な》いでいてとても静かだった。

ジャンが時計を操作すると、ジリリリリリリリリ……という目覚まし時計のような音がする。どうやらその時計から鳴っているようだった。

「このお兄ちゃんの時計は、ブレゲのマリーンロイヤルという時計だ。こんなように音が鳴るようになっている。この音が聞こえたら手を上げること。わかった？」

まず数メートルの間隔を空けて、七人で一直線に並んだ。

アキオが、防水パックに入れたスマホを構える。

「じゃあ、今から音が聞こえたら手を上げるぞ」

「はーい」と元気よく声がする。ジリリリリという音と同時に、藤子も手を上げる。後ろの子たちも一斉に手を上げたようだった。

「あれ？」

後ろの子たちが言った。

「もう一回鳴らすぞ」

後ろをふりむいて見れば、藤子が手を上げた後、前から順々に綺麗に手が上がっていく。何度やっても、前の藤子が早くて、綺麗な順番で手が上がっていく。

「今のが音の速さ、一秒間に三四〇・二九mだ。さっきのを、今度は水の中でやる」

アキオがジャンに何か言って、ジャンが頷いた。

「このブレゲのマリーンロイヤルを実際に海につける人はあんまりいないと思うけど、今日は特別に海の中だ。せえので頭をつける。できるか」

子どもたちは実験が気になるようだった。藤子もなんだか気になるので、思い切って頭を海につけてみることにした。

「せえので潜って、聞こえたら手を上げる、わかった？」

わかった、と言う。

せえの、で藤子も鼻をつまんで潜った。

ジリリリリリリ、という時計の音がさっきよりもはっきり聞こえる。さっと手を上げた。

ざばっと顔を出した全員で、聞こえた聞こえたと大騒ぎになる。

「この時計、ブレゲのマリーンロイヤルは、水の中で、もっと大きく音が響くようにできている。ダイビング中、浮上時間を知らせるためにだ。この時計は音で持ち主の命を守る。それでだ。さっきの記録と比べよう」

アキオが撮っていた動画を再生してみれば、空中のときよりも若干、最後の子が手を上げるのが早くなっているような気がする。

「まさか、海のほうが、早い？」「嘘《うそ》だ」「水があるのに」と大騒ぎになる。賢げな顔をした男の子も、それは習っていなかったようで、にわかには信じられないようだった。

「そうだ。一八二六年、スイスの科学者ジャン＝ダニエル・コラドンと、シャルル・フランソワ・ストゥルムによって行われたという音の実験によって、水の中のほうが空気中より、もっと音が早く伝わるということが、ここに証明された」

入ってみれば海も面白いみたいで、大人ぶっていた子どもたちも、とたんになんだか元気になる。泳いだり水を掛け合ったりふざけたりし始めた。ジャンとアキオも交じって大騒ぎしている。

足先に妙な感触がして、藤子は砂を探った。さっきの貝の巣だ。熊手でせっせと掘り上げる。この貝の山に、晩ご飯の一品が増えるかどうかがかかっているのだ。

腰が痛くなったので、腰に手を当てて反らした。

逆さに見える水平線はどこまでも広く、空と繋《つな》がっている。遊んでいる子どもたちと大きな子どもみたいなふたりがあげるしぶきが、陽《ひ》の光にきらめいていた。ジョン・ハリソンの見つけた経度みたいに、歴史に残るような宝は見つけることはできないかもしれないけれど、こういう日もまた、宝物かもしれないな、と藤子は思う。

帰り道、疲れ切ったのか、ジャンは助手席で寝ないように頑張っていたものの、そのうち寝息を立て始めた。鼻のあたりが日焼けして赤くなっている。

「藤子、運転代わろうか」

後ろからアキオが言う。

「いいよ。スイスと逆なんでしょ。危なっかしい気がする」

アキオがジャンの顔を見ながら、「こんなに日焼けしてたら、ジャンの実家に感づかれるかも知れないな」などと笑っている。

「え、今どういう風になってるの」

「ジャンの実家には、日本でどうしても勉強したいことが見つかったと。まあ、実家にしてみれば、一人息子がまた元気になったのは良かろうということで、今回もまあ、日本行きは許された」

実家の期待も大きいだろう。よくわからないけれど、今後しょって立つであろうブランドというか、お家の看板もあることだし、ただの十代の男の子じゃないものなあ、と思う。

「でもまあ、何かをかぎつけられそうではある」

「かぎつけるって何を」

「だって急に真面目《まじめ》に勉強するようにもなって、また日本に行けるようにって途端にいい子になるもんだから、そりゃ怪しいさ。誰でも感づく。これは、女だな、と」

「女？　わたし？」

「そうそう」

「ちょっと待ってよ、ジャンは可愛いけど、そういうんじゃなくてさ、そういうアレじゃなくて……」

「わかってるさ。藤子が金と権力にギラギラしたタイプだったらまだ良かったんだ、ガードマンの俺も遠慮無く追っ払える」

「え。じゃあ今から金と権力にギラギラしてみようかな」と冗談で言うと「やめてくれよ」と言われる。「そういうの見飽きてて胸焼けがするんだ」と言う。苦労はいろいろあるらしい。

「お金はあった方がいいと思うけど、お金がありすぎるのも、それはそれでいろいろと大変なんだね」

「そうだろうなあ……」

アキオはジャンのそばで、いろいろなことを見て来たらしい。

「まあ、時計の説明をするときも、普通の通訳じゃだめなんだ、時計の機構を理解している人間でないと、通訳する内容がちんぷんかんぷんになってしまうから。だからまあ、俺は言葉ができるってことで、こうやってジャンのお付きとして側にいることも多いけど、国に帰れば単なるいち職人だからな。時計もいろいろ欲しいし、ジャンがうらやましいと思うことも当然たくさんある。でも、それ以上に、大変だろうなと思うことも多い」

「〝千駄木の休日〟か……」

と言うと、急に庶民的な響きになってアキオが笑った。〝ローマの休日〟のアン王女は、ローマでつかの間の楽しい日々を過ごして、国に帰っていく。じゃあ、王位もなにもかもぶん投げてローマに住みますわたし！　とはならないのだ。たとえ、王位を捨ててローマに住んだとしても、それはいつか日常となり生活となる。そうなったとき、アン王女はあれほど輝いていられるだろうか。王位を投げ出して駆け落ちする王女のストーリーだったら、ここまでずっと名作として語り継がれることもなかっただろう。

時計の針は動き続け、この生活もいつかは終わる。

だからこそ、この時を大事にしようと思う。

ジャンは助手席で、そのまま彫刻にして飾っておきたいような綺麗な寝顔をして、寝息を立てている。

次の日も休みにしておいて正解だった。ジャンは肩の日焼けがとてもつらいらしく半泣きになっていて、アキオと交代で、氷で冷やしてやったりした。アキオはアキオですっかり黒くなって、鏡を見ながら横を向いたり腕に力こぶを作ったり満足げだ。

晩になると、新聞紙の下、元気なアサリは水をいっぱい吐き出して、ざるの下にはいっぱい砂が溜まっていた。

よく洗ってフライパンに載せ、ワインを入れて火をつけると、あわれアサリたちは口を開いて降参した。全部美味しく食べるからごめんね、と心の中で手を合わす。隣はバター焼きのバターがとろけてニンニクがじゅうじゅうしはじめたところ。貝を入れるとじゅうっ、と音がして、すぐ蓋《ふた》をする。もうすぐ炊き込みご飯も炊き上がりそうで、しょうゆと出汁《だし》のいいにおいがふわりと立ち上る。味噌汁《みそしる》の味もみておきたい。

アキオはレタスをちぎったり、ジャンは一ミリの狂いもなく同じ幅にトマトとゆで卵を切ることに専念している。

台所が狭いのでたまにアキオの背中にぶつかったり「あっごめん」、ジャンが肩にぶつかったりする。「すみ、ません」

フライパンの蓋は楽しげにくつくつ鳴っている。

〈幕間〉時計師ふたりの日常 4

いつもの通り、アキオはジャンをひきつれて、時計店の終わりごろ、店に顔を出した。レジを閉める作業などしながら、妙に藤子の顔が赤いように見えて気になった。

「藤子」と声をかけて額に手を当てたら、びっくりするほど熱い。

「熱があるぞ、大丈夫か」と言うと、ジャンも慌てて藤子の頰《ほお》に手を当てた。どうやら先週に貝を獲《と》ったり運転したりいろいろしたためか、風邪《かぜ》でも引いたらしい。

抱き上げようとすると、「いやいいよ、ただの風邪だから普通に歩けるし」などと言う。

「僕のおいしゃさんは、よく治すことができます」と言い、電話をかけようとするジャンに「いやいや本当にいい、ただの風邪だから！　風邪！　スイスから呼ぶほどじゃない！」と慌てて言う。

「寝てたら治るからふたりとも心配しないでいい」

と言うが、そういうわけにもいかない。

「いまお茶を……お茶をつくります」とジャンが階上に行く。「お茶？　なんでお茶」と不思議がる藤子に「俺《おれ》たちはとにかく体調を崩したらハーブティーを飲むから」と説明した。

「いや本当に歩けるから大丈夫！」「ただの風邪！」「歩ける！」と言うが、辛《つら》そうなので付き添って部屋まで行った。

「寒気がする……」などと言いながら、ベッドの布団にもぞもぞ潜《もぐ》り込んだ。

そうしたらジャンが階上から下りてきた。紅茶ポットで——ジャン愛用のフォートナム&メイソンのセットで——ハーブティーを淹《い》れたようだ。

「トーコ飲みますよ」

とカップに注《つ》いで心配げに言う。

身を起こして、飲みながら、妙な顔をしてお茶の色を見る。「これは日本語ではニワトコという花のお茶だ」

「そうニワトコ……喉《のど》が痛い」と弱々しく言う。

「そうだ俺、プロポリスを持ってきていたんだ、ちょっと待ってろ」と三階に行って、プロポリスの小瓶を持ってきた。

「何それ、プロポリスって何」

「ハチミツだから。喉のスプレーのようなものだ」

口を開けさせてシュッと吹きかけると変な声を上げ、「ハチミツなのに甘くないし染みる」とブツブツ言う。

今度はジャンが、「トーコ待って。たまねぎ」と言いどこかに行ったが、しばらくしてから、みじん切りのタマネギをボールみたいにして、キッチンペーパーに包んだものをいくつも藤子の枕《まくら》の側《そば》に並べ始めた。

「あの……ありがとう。でも、これ、たまねぎがすごく目に染みるんだけど……」

「この臭《にお》いがいろいろ効くんだ」

「トーコ。はやくなおります」

「そうだ俺のばあちゃんが、ダイコンを、煮る？　蒸す？　いや、搾《しぼ》って汁をどうだったっけ……とにかくダイコンを買ってくる。煮るんだと思う。俺に任せろ」

「うろ覚えだったら大丈夫だから。寝てたら治る」

そうこうしているうちにも、ジャンはベッド際で藤子の右手を両手で取って握り、祈るように目をつぶって額に当てている。額にぬれタオルでも載せてやろうか迷いながら見守っていたら。

「なんかご臨終みたいな雰囲気になるから大丈夫だよ……ただの風邪だから。寝るから帰っていいよ。って言うか帰ってください」

「しんぱい」

「いや、寝られないし」

「辛いと思ったら電話をかけろ。すぐにだ」

とりあえず、ふたりで調べ、病気のときに食べるというお粥《かゆ》を作ってみることにした。

ジャンとふたりで味を見る。「これだけじゃどう考えても味がしないのでは」と、煮た米に牛乳と砂糖を入れ、やっぱりチョコレートも入れよう、ということでチョコレートも入れて、ようやく味が整った。

ジャンがひとさじひとさじ藤子の口元に持って行くと「甘い……」「本当に甘い」などと言う。

「パンもひたそうか」

と聞くと、「いやお気持ちだけで本当に大丈夫です」と力なく言う。

もう本当に大丈夫だから。帰っていいと何度も言うので、とりあえず心配しながらその日は帰った。

次の日、ふたりとも熱を出した。

第五章　からくり時計屋敷の竜

ようやく梅雨《つゆ》も明けた空は高く、まだ夏本番とまではいかないまでも日差しは強い。

珍しく藤子の母親と妹が、三つ子を二人ベビーカーと一人ベビーカーに分けて押し、店にやってきていた。ちょうどジャンとアキオのふたりもいたので、母と妹も交えて話をすることになった。

「日本女性は黒い瞳《ひとみ》がとても美しいと世界中で評判ですが、藤子さんと妹の桜子《さくらこ》さんの瞳はお母さん譲りでしたか、遺伝という物はとても素敵な贈り物ですね。三代にわたってこんなにも美しい宝石を宿しているとは」と、アキオが三つ子をあやしながらぺらぺら言う。

いつもはこんなことを言ったことすらないのに一体どうしたのか。

もうすっかり母親は上機嫌というかテンションがおかしくなっている。妹も「わあ、もっとはやく来るんだった」とぼんやりしている。

ジャンも三つ子の一人を抱っこさせてもらっていた。人見知りしないのか、ジャンのほっぺたをさわったり、色が珍しいのか、髪を引っ張ったりして遊んでいる。「赤ちゃんが、とてもかわいいです」

「藤子、うまくできているようじゃない」と母にも店を褒《ほ》められ、「本当、ずいぶん今風になったよ」と、妹も店を見回して言うので、ちょっと照れくさくなって笑った。

いろいろ話していると、母が意外なことを言い出す。

「それがね、藤子、例のからくり時計屋敷、覚えてる？　栃木《とちぎ》の。修理できませんかって頼みこまれて」

「時計屋敷」アキオが三つ子の一人を抱いて、背中をぽんぽん叩《たた》きながら、興味深そうにする。ジャンにも訳してやっている。

「からくり時計の竜が鳴かなくなったので直してほしいと」

意外な言葉が出てきた。竜。なんだろうと思う。

「なに、竜って」

「ほら、おじいちゃんがずっと建設を手伝っていた屋敷があるじゃない。中水《なかみず》さんのお屋敷。覚えてないの」

お屋敷のからくり時計に、竜？

そういえば、祖父は父よりはずっとまっとうな時計職人として働いていたのが、その傍ら、びっくりメカみたいなので一山あてたいという欲はあったようだ。まだ小さな子どものころ、謎《なぞ》の発明などをよく見せられていた。もしそのひとつでも特許を取れたらよかったのだけれど、特許を取るにもお金がかかるらしい。

謎の、新聞受けから新聞取り機「しんぶんとり夫《お》君」や、落ち葉集め用自動ほうき「オチバトール」みたいな（どうやってもこれ、自分でやった方が早いよな……）的な発明品ばかりで、大当たりはしなかった。当たっていたら、このビルも立派な看板がついたり、もうちょっと近代的な様子になっていただろうに。

たぶん、祖父は、そういった大がかりな発明品みたいなのを作るのには、がぜんやる気になるタイプにはちがいない。

「でも無理だよ。おじいちゃんの謎発明の時計でしょ、ぜったい妙な感じに決まってる。だって落ち葉を取る機械、オチバトールとかだよ？　そのままじゃん」

「でも先方の中水さんは、もう一度だけでも、時計を動かすことはできないかって」

「なんなの竜って。どんな時計？　からくり時計？」

からくり時計と聞いて、「お母さん」と、アキオが得意げに母に声をかけ、身をのり出す。「からくり時計――精巧機械人形《オートマタ》のことでしょうか。このわたくし、国では数々のアンティークのオートマタもこの手で直した経験があります。時計とオートマタ、からくり仕掛けは歴史的にも構造的にも、密接な関係がありますので」

ジャンも同じように何か言う。それをアキオが訳した。

「いま、オートマタをひとつお持ちしましょう、と」

また何が出てくるんだろうと警戒していたら、ジャンが、何の変哲も無い木の箱を持ってきた。真ん中に金の丸い小皿のような、薄い蓋《ふた》がついている他には、なんの装飾もない。

ジャンの持ち物にしてはえらく地味だな、と思った。

「こちらは天才時計職人、ジャケ・ドロー原案、リュージュ社がその技術を現代にも受け継いできたというオートマタ。さえずる宝石とも呼ばれる、シンギング・バードです」

「はあ」と、母が間の抜けた声を出す。

どうみてもただの箱のようにしか見えない。鳥はどこに、と思っていたら突然。

ぱかっとすごい勢いで金の蓋がはね上がると、もう箱の上には手品みたいに鳥がいた。どこからその鳥がどう出現したのかまったくわからない。足元にも穴はない。ただ、本物そっくりの鳥がそこにいる。

ピヨピヨピヨピヨピヨ、と本当にいい鳥の声でしばらく鳴くと、また、すごい勢いでぱたんと蓋が閉じて元通りいなくなる。

三つ子ですら呆然《ぼうぜん》とその箱を見ている。

「え、いまの一体……」「今の何」

例えば、穴があって下から鳥がせり出てくるというのなら、ああそういう仕掛けかと、まだ理屈としてわかるけれど、どこにも穴はない。ただの木の箱だ。それが、蓋が開いたらもうそこに、本物そっくりの鳥が羽根をパタパタさせながら歌っている。収まるような穴もなく、どこからどう現れたかもわからないし、またものすごい勢いで蓋が閉じるのだが、どうやって箱の中に入っていくのかもわからない。まるで、突然本物の鳥が魔法でそこに出現して、消えたみたいで、幻でも見ている気分になる。声も本物の鳥の声、そのものなのだ。

「もう一回見ますか」

「うん見たい」

もう一度見る。さっと出現した鳥がぴよぴよ歌い、一定の時間が経《た》つとすごい勢いでしゃっと隠れる。やっぱり夢のようだ。「もう一回」

何度見ても、さっぱり仕組みがわからない。手品みたいだ。今見たのは、本当に現実の風景だったのかと、不思議な気分になる。

「羽根は本物のハチドリの羽根を使っているということです」というから恐れ入る。

三つ子が楽しげに手を伸ばそうとするので、「あーこのお兄ちゃんの持ってくる物は全部さわっちゃだめ、この歳《とし》でローンを背負うのはまずい」と抱き上げた。

アキオはもう半分直したような顔で自信たっぷりに「ぜひお任せください」などと言い、ジャンも軽く「なおします」と言う。

いや、でも折角の留学中なのに、そんな面倒で、大がかりな仕事をお任せするわけには……と、母はためらっていたようだけれど、あまりふたりが「スイス時計職人の誇りにかけて」とか「craftsmanship」「伝統職人の技」「途絶えることなく受け継がれてきた職人の血」などとたいそうなことを、次から次へと真面目《まじめ》な顔で言うので、母も頭がぼうっとなったのか「まあ、それならお願いしようかしら……」ということになった。

そのお屋敷、中水邸は栃木の山奥にあるらしい。もとは芸術家だった持ち主の中水氏が祖父とは仲良しで、その時計屋敷を企画、完成させたのだとか。祖父とは仲良しで、とは言っても、もう祖父は十五年も前に亡くなっているので、その持ち主自体もかなりの高齢らしい。依頼は息子さんの方だった。

屋敷の持ち主である中水寛一《かんいち》氏は、いま介護施設にいるので、その屋敷にはここ六年ほど、もう誰《だれ》も住んでいないのだそうだ。誰も住んでいない屋敷の時計をどうして、とも思うし、ただの電池交換とかではなく、大がかりな修理となると、それなりにお金もかかるだろうに、よくもまあ修理を頼む気になったものだと思う。お金持ちの考えることはよくわからない。

車が必要であればそのレンタル代など、修理に必要なすべての経費はお持ちします、とのことなので、さっそく日時を打ち合わせして、車を出して行ってみる。

こんな所に本当に家なんてあるのだろうか、と思いながら、カーナビに従って行く。山に入り、木々の間のくねくね道を進んで、私有地、と立て札がある急な坂道を上ると、急に森が開けて「館」と呼ぶのにふさわしい外観の建物が見えてきた。

左に三角屋根の付いた塔があり、時計屋敷の名にふさわしく、塔には大きな時計がある。森の洋館といった佇《たたず》まいだ。

車を降りてみる。

元は薔薇《ばら》が咲き乱れていたお屋敷だったようだけれども、今は全体にツタが絡んでうっそうとしている。薔薇も枯れ果てたのか、鉄製の薔薇のアーチが傾いていた。玄関前、奇妙にへこんだ地面が雑草で荒れ放題になっていて、ところどころ屋根の素材も剝《は》がれ、窓も割れているのをただテープで補修してあったりして寒々しい。

「廃墟《はいきよ》……みたい」

などと言っていると、すぐ後から「ええ。家も生きているのです、住む者がいなくなるとすぐにその輝きは失われてしまいます」と陰鬱《いんうつ》な声がしてびくりとした。

振り返ると、ちょうど木々から鳥がぎゃあっ、ぎゃあっ、という人間の叫び声のような声を出して一斉に飛び上がったところだった。

たぶんこの家の持ち主の息子であるという、中水弘信《ひろのぶ》さんだろうと思い、声をかけてみる。でも、この廃屋を前にして、突然この人が背後に立っていたら走って逃げるだろうな、と思うくらいに中水は陰鬱な雰囲気だった。黒い服に白髪、頰《ほお》にも血の気というものがなく、そこだけ白黒映画みたいだった。たいへん失礼ながら、この屋敷に住まい、夜な夜な狂気の実験を繰り返す博士という出《い》で立ちだなあと思った。まあ失礼な話だけれど。

「失礼しました。ご依頼を受けてトトキ時計店から参りました。祖父の十刻権平《ごんぺい》からは孫に当たります、十刻藤子です」

ぎくしゃくと礼をすると、中水も軽く挨拶《あいさつ》をした。

「このたびは修理を受けてくださいましてありがとうございます。お孫さんもそうですし、こんなにお若い方々が時計職人として活躍していらっしゃるとは」

と、ジャンの方を見て言う。

あまりおおっぴらにふたりのことには触れられないので、「ええまあ……このふたりは助手で」とごまかした。

「この家――このあたりの人には時計屋敷と呼ばれています。時計屋敷が完成したのは今から五十年ほど前になりましょうか。このとおり生活するには辺鄙《へんぴ》なところですから、わたし自身はこちらでは住んだことはありません。最初は、夏の間の別荘地のようにして、ここを利用しておりました。お祖父《じい》様には、時計塔の設計も尽力いただきましたし、度々修理にも来ていただいていたと聞いております」

別荘。祖父もそんなお金持ちと繋《つな》がりがあったとは。子ども心に、謎の発明ばかりしているおじいちゃんとしか思っていなかったけれど、なかなかやるなと感心した。

「父は、なかなか気難しいところがありまして、人や都会の喧噪《けんそう》をひどく嫌います。五十で隠居したら、人を遠ざけ、ここに一人で住むようになりました。お手伝いを一人だけ、あそこにある離れに住まわせ、車で買い物や日常のこまごましたことなどをさせて。それが六年前くらいまでですね。元気とはいえ、やはり年齢には勝てぬもので、九十を超えると、ここでの生活は難しくなりました。今はずっと施設におります」

九十を超えているとなると、かなりの高齢だなと思う。

「この依頼は父の望みです。もう一度、竜の鳴き声を聞きたいのだと」

「竜の鳴き声……」

「わたしも何度か聞いたことはありますが、なんとも不思議な、言いようのない吠《ほ》え声でした。一日に一回、大きな音がこの森に響き渡ると、誰もが手を止めてじっと虚空を見つめる、そんな雰囲気の声でした。おやつの時間の合図でもありました。時計とその仕掛けは、落雷と台風の被害を受けて大破してからは、ずっと故障したままになってしまいまして。お祖父様の十刻氏亡き後、父もずいぶん修理できる人間を探したようです。ただ、この時計や仕掛けの作りが少々変わっているようで、お祖父様の他には修理ができなかったのです。今回、お孫さんが店を引き継いだと聞き、もしもお願いすることができたらと思いまして」

たぶん、九十を超える高齢ということで、父親である依頼主の容体もあまりよくないのかも、と予想をつける。まあ、時計職人だった祖父からはなにも引き継いではなくて、受け継いでいるところは、好き嫌いなくよく食べることくらいなのだけれど、責任重大だ。

まあ、このふたりがいたら直せないものはないだろうと、ちらりとアキオとジャンを見ると、ふたりとも塔の上にある時計をじっと見上げていた。文字盤には数字はなく、代わりに丸があるシンプルなデザインで、現時刻とは全く違う時間のまま止まっている。からくり時計と聞いていたが、何か仕掛けの出てきそうなドアや、複雑な仕組みも特に見えず、見た目からすれば、よくあるただの大時計に思えた。トトキ時計店の屋上の大時計とも似ている。

(いけそう？　大丈夫？)と目で聞くと、アキオは(俺《おれ》を誰だと思ってるんだ、俺に直せないものはない、そもそも――蘊蓄《うんちく》中略――)という顔をして、ジャンは(僕、ぜんぶなおします)という王子然としたすまし顔でいる。

「では時計と、竜が鳴くというからくりの部分を拝見します」アキオもジャンも、それぞれに違うタイプの道具箱を持ってきていて、重そうだ。

「洋風建築ですので、どうぞ靴のままおあがりください」と中水が言い、古風な鍵《かぎ》で門を開けると、ぎいい、ときしみながら戸が開いた。

屋敷の内部の壁は、全体が薄緑色に塗られていて、ここに灯《とも》が点されて人々が行き来していたころは、どんなにか美しい眺めだったろうと思った。でも今は、あちらこちらに蜘《く》蛛《も》の巣がかかり、隅《すみ》にはよくわからない昆虫が干からびて転がっていたりと、あまり綺《き》麗《れい》とは言えない。中央の大階段には深い赤の絨毯《じゅうたん》が敷かれ、頭上に巨大なシャンデリアがかかっている。

「左手の塔の部分は、すべて時計の機構となっております。修理をお願いするのですから、設計図などお持ちしたいのですが、困ったことがありまして。この建物部分の設計図や塔自体の設計図はありましたが、肝心の時計機構の設計図等はどこにもありませんでした。写真を嫌った父の意向で、たいへん申し訳ないのですが、当時の様子もお見せすることはできないのです。わたしも、こちらに来たのは数回でして。それにより、どなたにも修理を受けていただけないままとなっておりました」

まあ、それを言うならトトキ時計店の時計も、設計図も何もないままにふたりは直したのだから、大丈夫だろうと思う。

中水は塔の反対側である、右側を指した。

「後でこちら側の書斎と、その隣の資料室もご案内します。この資料室の資料はご自由に閲覧いただいて構いません。鍵をお渡ししておきますので、出入りはご自由になさってください。電気水道は二ヶ月の間、お使いになれるようにしておきましたので、ご自由に」

依頼主も介護施設にいるということで、こういうことを聞いてもいいかどうか迷ったけれども、聞いてみる。

「修理に期限は、ありますか」

「そうですね、早ければ早いほど助かりますが、ただ、この時計は特殊な時計であるようなので……時間はかかっても仕方がありません。こんな条件ですので、もしも直らずに途中で断念する場合でも、日数分の工賃は全額お支払いします」と、一人あたまの工賃として一日分、十分すぎるほどの額を言う。

息子の中水氏は、この時計が直る可能性は低いと考えているのかもしれない。

時計塔の螺旋《らせん》階段を上がっていく。最上階である、時計の中心部分らしき所についたら、急に視界が開けた。大きな水車みたいな歯車や、謎の箱みたいなものが床じゅうにたくさん並べてあり、よくわからない仕掛けが山積みになっている。とにかく鉄の箱みたいなものが多い。何に使っていたのだろう。

「台風で壊れた部品も含め、時計に関するすべての部品は、こちらに集めて並べてあります。動かさないと錆《さ》びて傷むらしいということで、父の指示で、無事な部品も外してこちらへ」

なるほどね、という顔をして藤子は頷《うなず》いた。

では、と鍵を出してくるので「安心してお任せください」と受け取った。修理が済み次第、連絡を、ということになる。「それではよろしくお願いします」と頭を下げ、中水はやっぱり陰鬱な様子で出て行った。

足音も陰気なんだな、と思う。その足音が遠ざかるのを待って、ふたりの方に向き直った。

「さあ！　今からちゃっちゃっと直しちゃおう」

ところが。大きいのと、小さいのと、ふたりの背中は動かない。

「ねえ聞いてる？　始めようよ」

前に回り込んでみると、時計の機構を見ながら、ふたりしてものすごく難しい顔をしている。

「どうしたの、ねえアキオもジャンも」

「……藤子これは無理かもしれない」

「わかりません。よくなおせません……」

はじめてふたりのこんな自信なげな顔を見た。

「何言ってるの時計でしょ？　ほら、うちの大時計だって、さっと直したじゃない。うちのおじいちゃんが作った時計だから、簡単だって」

「そういうわけにもいかないんだ」

アキオが腕を開いた。まさかの、お手上げポーズだ。

「嘘《うそ》、それ、お手上げのポーズなの、お手上げって何、ちょっとふたりとも」

「これは振り子の塔時計ではないし、見たところアンクルもガンギ車も存在しない。脱進機らしきものもない」

トトキ時計店の大時計とは、様子がちょっと違うらしい。

「砂時計でも日時計でもない。これは――」

アキオとジャンがちょっと目を見合わせた。

「館全体を利用した巨大な水時計だ」

「水時計って……なんか壺《つぼ》に穴を開けて、その水位で時間を計るって言ってたやつ？」

「そうそれも水時計という。そういった壺の時計は、ギリシアでは〝クレプシドラ〟水泥棒という名で呼ばれていた。裁判なんかの時間を計るときに使われていたんだ」

みんなでチョロチョロ出る水を気にしながら裁判とか、ちょっと面白いなと思う。

「でもその壺に水を入れて時計にする方式には問題がある。最初は水の勢いがいいが、だんだん底の方になってくると水圧が弱くなるから勢いも弱くなるだろ？　壺の形を工夫して、底の方を狭くしたりなんかもやっていたらしい。そんな風だから、正確な時計を作るのに、水を使うのはとても難しい」

そもそもこの機構室には、大きな壺らしきものはどこにも見えない。

「でも、なんとかならないの」

「なるもんか、言ってみれば紀元前二百年くらいの機構なんだぞこれ」

「紀元前二百年って何、キリストさんより早いのこれ」

「まだ、それそのままのレプリカだったらいいんだろうけど、これはところどころアレンジしてある。表は普通の大時計だったろ。なんで設計図がないんだ、どうしようもないじゃないか。しかもだな、日に一回鳴くんだろ。何時だ」

さっきの話を思い出す。「えーと、たしかおやつの時間って言ってたっけ。三時」

「そうか、三時に鳴る仕掛けもあるんだろうが、まずその竜が鳴るという仕掛けすらわからない。鐘もなければ鉄琴みたいなチャイムもない。見当もつかない」

「わかりません……」

ジャンにもまったくわからないらしい。

「じゃあ、どうしよう。正直に、もうできませんって電話してこようか」

そう言うと、それはふたりの時計師としてのプライドが許さないのか、ふたりして「いやそれは」「トーコ。まだ」と同時に止められる。

アキオが、ジャンに母国語で何か言うと、突然、決意に燃えた目で「やり！　ます！」と言いだした。

「ちょっとなんて言ったの」

「〝これはお祖父様からの挑戦状かもしれない。解けない奴《やつ》には孫娘はやらん〟と」

「ちょっといいかげんなこと言わないでよ」

「まあそれは冗談だけど、ある意味それは本当だ。俺らも、見たことのないアンティークの時計を修理することがある。当然、設計図なんかもない。そのときは、過去の職人と知恵比べだ。〝さあ、若いの。果たして君は、この時計を真に理解することができるかな〟と。これはお祖父様からの、俺たちへの挑戦状だ」

資料室に行けば何か手がかりがあるかもしれない、と思い、屋敷の中を移動してみる。探検みたいで面白い。家主がいないことをいいことに、各部屋の中も見てまわった。使われなくなって五年ということだが、生活していた当時の家具などもそのまま残されているのが、時間が止まったままのようで不思議な感じがする。家具はどれも統一されていて、寸法もきっちり部屋と合っているので、どうやら家具職人に作らせたもののようだった。住んでいた人の美意識の高さを思う。どの部屋も窓は天井から床までととても大きいが、窓の外は一面ぼうぼうの雑草なので眺めはいまいちだ。主《あるじ》を失ったロッキングチェアが、窓の方を向いてぽつんと置いてある。お庭が綺麗なころだったら、きっととても素敵な眺めだったのかもしれないと思う。

藤子は、いろいろな部屋を開けてみながら、何かが妙だなと感じていた。

何がおかしいんだろう——

「そういえば、家具はこれだけ当時のまま揃《そろ》っているのに、この家には時計がないな」

アキオが言った。感じていた違和感はこれらしい。普通、生活していたら、部屋に時計は必要不可欠だ。次々と部屋を見に行くも、掛け時計、置き時計とも一つもなかった。

「もしかして、修理のために全部外したとか」

「いや、外したら、壁なんかにも日焼けの痕《あと》があったり、釘《くぎ》が残っていたりもする。そういう痕跡《こんせき》もまったく無い」

資料室の扉を開けると、中はしんと静まりかえっていた。ちょっと空気がかび臭い。灯《あか》りをつけると、狭いが図書館のように棚にずらりと本や画集が並んでいる。見渡す限り本、本、本だ。膨大な数の本に圧倒される。革表紙の書物も多い。この中から目的の本を選び出せるのか。

探してみるも、ここにもやはり時計はなかった。

この部屋の主はたいそうな本好きだったのか、本は画集のみならず医学書、歴史学の本など多岐にわたる。ようやく時計に関係のありそうな棚を探し当てるまでにも、ずいぶん時間がかかった。

「トーコ。漢字むずかしい」とジャンが言うので、見てやると全部がびっしり漢字だ。

「ジャン、これ中国語だよ。読めないよ。アキオ中国語は？」

「中国語はわからない」

アキオが資料を抜き出しながら言うが、それも同じく中国の資料のようだった。

時計に関する資料として、中国のものがまとまって置かれているようだった。

「中国？　中国にあんまり時計のイメージないけどなあ」と言うと、とんでもない、という顔でふたりに否定される。

「世界最古の天文時計は中国で作られている。すぐれた機構で、あれは――」アキオが動きを急に止めた。アキオがジャンに何か言うと、表情が明るくなる。「そうだ、あれだ。あれかもしれない」と言い、携帯で何かを調べ出した。検索結果を見比べながら、書庫の本の題名を端から調べ、ようやく棚の中から、一冊の本をひっぱり出してきた。

『新儀象法要《しんぎしょうほうよう》』とある。製本したコピー本のようだった。

ぎっしり漢字がつまっているが、めくっていくとある図のところで自然に開いた。折り癖がついているようだ。

「何これ……」

藤子は声を上げていた。時計というより、三階建ての建物だ。ちょうど祭りのときのやぐらを大きくしたような形をしている。最上階である三階には屋根があるが壁はなく、真ん中で人間が巨大な輪が組み合わさった観測装置のようなものを望遠鏡で覗《のぞ》いて何事か調べているようだった。上り下りできるような階段もある。建物の中には、なにやら地球儀や大きな水車のようなものも見える。

こんなもの見たことない。独特のセンスだ。

「これは中国、一〇九二年に作られた水運儀象台《すいうんぎしょうだい》という。上にも、これと似た水車のようなものがあったし、箱もあった。あの水時計は、この水運儀象台を元にして考えられたものに違いない」

「じゃあ、もうこれで復元できるね」

「いや」アキオが難しい顔をする。「ただ、この図だけではいろいろよくわからない。調べてみるが、千年前の時計の機構を、どうこの現代の屋敷にアレンジしたのかイメージが湧《わ》かない。実物が見たい」

「その水運なんとか台って、中国に行ったらまだあるの」

「調べてみる」

アキオとジャンが携帯で調べだしたので、藤子も調べてみる。

同時に、三人で「下諏訪《しもすわ》……」「下諏訪」「ＳＨＩＭＯＳＵＷＡ」と口に出していた。

どうやら下諏訪町に水運儀象台の精巧なレプリカがあるらしい。しかも、ミニチュアの模型ではなく、水運儀象台の実物の大きさと変わることなく復元した、大きな建築物らしい。水時計として、今も実際に時を刻んでいるという。

当然、「見たいな」「みたいです」ということになる。

「下諏訪は行ったことないけど、温泉も有名なんだって」

調べてみると、かつては中山道《なかせんどう》、甲州街道《こうしゅうかいどう》が分岐する宿場として栄えた街らしく、雰囲気がある。

「あっ日本酒も有名なのかそうか」

「そば。ようかん」

などと観光気分にもなってくる。水運儀象台のある、「しもすわ今昔館《こんじゃくかん》おいでや」という施設はお正月をのぞけば年中無休ということで、じゃあさっそく、次の休みと、その次の日を臨時休業にして行ってみよう、ということになった。

藤子が、「一泊？　日帰りはたぶん難しいかも……」と言うと、「温泉旅館？」「おんせん」とふたりとも乗り気になる。

さすがに温泉の旅費まで経費で落とすのは気が引けるので、自費で行くことにした。ジャンが選ぶと一泊で二月分くらいのバイト代がぜんぶ飛ぶかもしれないので、ここは庶民感覚ということで、藤子が旅館を選んだ。予算上、部屋はひとつだが、ふすまがあり、二部屋に分けられるという部屋を選んで、ご飯が美味《おい》しいというレビューがあるところに絞ってみると、ようやくいい旅館が見つかった。

朝、新宿からあずさ九号に乗って、まず上諏訪《かみすわ》駅を目指した。アキオがどうにも狭くてつらいということで差額を出してくれて、グリーン車に乗れたのはちょっと嬉《うれ》しい。席を四席分取って、向かい合わせにした。

最初、「トーコのとなり」と藤子の隣にジャンが座ろうとしたが、アキオの脚が真ん中に来たり斜めになったり、とりあえず邪魔だったので、（はいはいすみませんねえ俺の脚が長くて。などと言う）アキオとジャンが隣の席に座り、アキオが脚を伸ばしても大丈夫なように、ジャンの前に藤子が座って一応の落ち着きを見た。

ジャンが駅弁を食べてみたいと言うので、三人とも自分で好きな物を買った。車内で何買ったの、と駅弁を見せ合う。アキオは牛肉の多い牛肉弁当と、たまごサンドにして、ジャンはこの前の貝が気に入ったのか深川めし、藤子はいくらがたくさん載った弁当にした。ちょっとずつ味見したり、「藤子、俺の肉をそんなに食うな」と叱《しか》られたりしながら、あずさは進む。到着は十二時過ぎとなりそうだった。

上諏訪駅に到着すると、ホームになにやら見慣れぬものがあった。岩の間から湯気が上がっている。

「わあ、足湯だ」藤子が言うと、ジャンも気になった様子だった。

「せっかくなので入っていこうよ」と言うと、アキオは「いいな」ということになったが、ジャンが何やら難しい顔をして、アキオにいろいろ尋ねている。

「ジャンは嫌なの。なんて言ってるの」と聞くと、笑って「水着はどうするか聞いているんだ。スイスでも温泉はあるけど水着を着て入るから」

「ちゃんと足湯の説明した？」

「〝水着は着ない。男女一緒に入るに決まってるだろう、ここは日本なんだから。郷に入れば郷に従えと偉い人も言っていた。さあ脱ごうぜ。KON－YOKUだから〟と言った」などと言う。

「まぎらわしい言い方しないでよ。ジャン大丈夫、ここは足だけ温泉。足だけだから」と説明して、事なきを得た。

入り口をくぐると、湯気がふわっと上がり、天井からの、すのこ越しの光が斜めに差している。客は自分たちだけだ。座るところは木のベンチのようになっていて、隅からお湯が流れる音がする。ジャンもアキオも脱衣所で靴下を脱いで、膝《ひざ》までまくって、お湯につける。藤子も膝までデニムをまくった。

澄んだ湯に、そっと足先からつけていくと、もうそれだけで、足の先から疲れが溶けていくようだった。

ジャンが、「あつい」と笑う。

「スイスの温泉はもうちょっとなんて言うか……プールみたいな感じ」と言うから、相当ぬるいのだろう。後ろに手をついて、足をうんとのばしてリラックスする。

「夜も温泉楽しみ」と藤子が言うと、「その前にまず水運儀象台を見ないことには」とアキオも足をのばした。

のんびりくつろいだ後、足を拭《ふ》いて、駅の外でタクシーを捕まえた。

「しもすわ今昔館おいでやへ、お願いします」と言うと、「あれ、お客さんも時計作りに行くんですか」と聞かれた。「この前もそんなお客さんを乗せたから」と言うので聞いてみると、しもすわ今昔館おいでやには時計工房があり、初級から上級まで、時計組み立ての教室があるらしい。入門コースから、機械式時計を部品一つ一つ、七時間で組み立てるという本格コースもあるのだとか。

「面白そうだな」ということになり、ジャンも見たがったので、後で工房に寄ろうと思う。

「下諏訪は、〝東洋のスイス〟って呼ばれているくらいですから」という話になり、このふたりもスイスからですと言うと、話が盛り上がった。

しもすわ今昔館おいでやへ行く道すがらでも、道の脇《わき》に湯気が上がっているところがあちこちにある。ここは温泉街なんだなあと思う。

「あれかな」と言われて見れば、りっぱな塔時計がある建物が目に入った。ここにも「ゆ」というのれんが掛かっていて、足湯があるようだった。しかしながら、どこにも水運儀象台らしき物はない。見たいと言うから宿まで取ってここまで来たけれど、もとは千年くらい前の時計だし、どうなのかな、と思いながら受付で支払いを済ませる。

「水運儀象台を見学に来ました」と言うと、こちらです、と案内される。

中庭に出てみたとたん——藤子はそれを目の前にして、声を上げていた。

「これ……何？」

カタン、カタンという木材が立てる音と、水の流れる音が絶え間なく響いている。

目の前にあるのは、朱色に塗られた、三階建ての大きな建物だった。屋上はやぐらのようになっており、四匹の金の竜が、巨大な地球儀のようなものを支えているのが見える。正面の真ん中はガラス張りになっており、中の機構が見える。円柱の塔に、小さな人形たちが外を向いて並んでいる。よく見たら、五層にわたってびっしり並んだその人形たちのうち、下の段のものは、それぞれ漢数字の札を持っているのだった。九十三刻、九十四刻、九十五刻……

上の段には、色違いの人形が、やっぱり数字の札を持っている。もっと上の段には、干《え》文《と》の札を持っている人形も。

その上の段には、太鼓や鐘を鳴らす人形もいた。

「もしかして、これ、一番正面に来た人形の持っている数字が、現在の時間を表しているってこと?」

アキオが頷いた。

「どうやらそういう仕掛けらしい。人形で時刻を表す、巨大な文字盤となっているようだ。千年前のデジタル時計みたいに。この建物は、一棟でまるごと大きな時計なんだ」

ジャンもそれを見たのは初めてのようで、唸《うな》っている。人形の数字は百くらいまであることから、この時刻を示す人形は、五層ずらりと何百体も円形に並んでいることになる。

受付の人が気を利かせてくれて、専門家の職員を連れてきてくれたようだった。この水運儀象台を見に、東京から来たと言うとずいぶん喜び、中も見せてもらえることになった。

中に入ると、水の音がより大きくなる。

人間よりも大きな水車が動いている。説明を聞くと、まず上に水をくみ上げる水車があり、当時の中国では水を絶やさぬよう、三十分ごとに昼夜を問わず人力で動かしていたのだという。今はさすがに人力でなく電力に変わっているそうだが、昔の時計も大変だなと思う。

手順としてはまず、水を上にくみ上げる。

「ということは、わかった。この上に上がった水を細く出して、この大きな水車に当てる。そうしたら、水車が回るでしょ。回った速さで時間を計るんだ、違う？」

と言うと、「藤子この前言ったろ、壺に穴を開ける、水が下の方になると勢いが弱くなるって。そうすれば水車も遅く回ることになるじゃないか」と、アキオに指摘される。

職員の人が、「ご覧ください」と指をさす。大きな木の水槽《すいそう》の隣に、少し小さな水槽があり、水が順々に流れていっているのがわかる。高さに違いがあり、大きな水槽から、小さな水槽に絶え間なく水が流れるようになっているようだった。小さな水槽には、水の出口として、金の竜の顔が付いている。

「こうやって、大きい水槽から小さい水槽へ、一旦《いったん》水を移して調節することで、水の勢いを一定にしています」と言うので、なるほどなあと思った。

水車には、何に使うものか、ちょうど観覧車のような雰囲気で、一周ぐるりと、箱がたくさんついている。

見れば、竜の口から出てきた水が、水車のところの箱に入っていく。それがいっぱいになったと思ったら、重みで水車が少しだけ回る。回ったら、箱がししおどしみたいに傾いて、水が流れ落ちた。その箱が傾くと同時に、箱の底が鉄の棒を押し下げる。

その棒がどうやら水車のストッパーの役目をしているようで、水車の回転を止めると、今度は次の箱が水を溜《た》め始める。

また水が満ちて、その重みで水車が少し回る。ししおどしみたいに傾いて、水が落ちる。落ちたら、また次の箱に水が入りはじめる。

「この水が入る箱は全部で三十六個あります。この箱に水がいっぱいになるのが、ちょうど二十四秒なんです」と言うので、ジャンが出した時計と三人でにらめっこすると、本当に、綺麗に二十四秒間隔なので驚いた。その次も、その次もそうだった。

「この大きな歯車が一周回るのにかかる時間は、ちょうど十四・四分なんですが、この一周が昔の時刻の単位でいう、〝一刻〟とされています」

さらりと言ったけれど、まず、水車が大きく一周回るのを一刻として時間を決めるとして、それぞれ分割して観覧車みたいに箱を設置する。そして箱をどのくらい置けばいいのか計算し、重さと傾きのバランスも考慮しながら、それを水で動かすような仕組みを木で——パソコンもないような大昔に、全部手作業で一つ一つ計算しながら作り上げたのだなと思うと、気が遠くなる。

「ちなみに日差はどのくらいですか」

アキオが聞いた。

「日差二分ほどですね」

日に、二分ほどは狂いがあるらしい。

「二分……」藤子が呟《つぶや》くと、「千年前の時計だぞ、しかもこんなに大きな仕組みで、木で。

驚異的な精度だ」と、アキオもジャンもしきりに感心している。

ジャンが、水車を見ながら「Echappement《脱進機》」と呟くと、職員の人も頷く。「そうそう。この、水車を止めるストッパーの部分が、時計で言う、脱進機にあたりますね。鉄の部品がシーソーみたいに動いて水車を止めます。水車を止めて、動かす。止めて、動かす」

ジャンがメモを取りながらスケッチをし始め、アキオが細かく写真を撮っていく。職員の人は、諏訪の時計メーカーOBのエンジニアで、時計好きの血が騒ぐのか、アキオたちの質問にも嬉々《きき》として答えている。

その間にも、水車の箱の水は二十四秒でいっぱいになり、いっぱいになると水車が少し回る。水が流れ、それを延々と繰り返し、時を刻んでいく。一度傾いて流れ落ちた水は、また一か所に集められ、上へと汲《く》み上げられる。そうやって、すべては循環していく。

水音と共に、この繰り返しを眺めていると、だんだん祖父と、その親しかった中水氏が、なんでまた酔狂にも、屋敷に大昔の水時計なんて作ろうと思ったのか、わかるような気がしてきた。

この目に見えない時間というもの――世界中の誰もが時間に影響されながら生きているけれど、普段は忘れているもの――それをこの水運儀象台は、目に見える形で教えてくれる。水は二十四秒で満ち、水車を少し回し、傾いて流れる。一周で一刻。こぽん。カタン、という絶え間なく響く音。すべては時の流れを知るために。

たぶん、祖父も中水氏も、水時計を作るのはとても楽しかったはずなのだ。

「皆さん、ずいぶんと熱心ですね」と職員の人が言うので、事情を説明すると、水時計なら、この機構がひとつの完成形なので、ここから大きくは変わらないはずだと教えてくれた。水の勢いを一定にする仕組みと、それを上手《うま》く利用して一定時間に水車を回す仕組み。その二つが揃うことで、正確な時間を計れるのだという。資料も良かったらどうぞと、もらえることになった。

あんなに「オチバトール」とかの珍発明ばかりと思ってたけど、おじいちゃんも、実はすごかったんじゃないかと思い直した。

藤子は、大事なことを思い出す。

「あの、これって竜は鳴きますか」

職員の人はきょとんとしたようだった。

「からくり人形は太鼓などで音を出しますが、こちらの竜は……鳴かないですね」と言う。

と、すると竜を鳴かせるには、まだまだ知恵を絞らなくてはならない。

ジャンとアキオが熱心に調べている間、藤子は博物館の展示を見て回ったり足湯につかったりしてのんびり待った。受付の人が、「この近くに、とても熱いけれどもいい温泉があるんですよ」と言うので、ジャンとアキオを誘ってみるが、「いや、俺はいい、まだ見たいことがある」「しらべたいです……」と言うので、仕方が無い、ジャンとアキオの分も、わたしが代わりにリラックスしてくるからね、と一風呂《ひとふろ》浴びてくることにした。

ホカホカになって出てきたら、まだ時間がかかると言うので、諏訪大社にお参りに行く。

（普通の人と良縁に恵まれますように。普通の人って言うのは、あり得ないようなお金持ちじゃなくて、普通で……いや、やっぱりちょっとした小金持ちで、親戚《しんせき》とかもうるさくない感じがいいです。蘊蓄は手短なのがいいです。見た目にはこだわりませんが、派手すぎて女の人の影がチラチラするのはちょっと嫌です。でもかっこいいのに越したことはない。かっこよさの定義は後ほど脳内から天にアップロードします。なにとぞどうぞよろしくお願いします……賽銭《さいせん》五円でまことにすみませんが、どうぞよろしくです。千駄木の藤子より）と、お参りした後、瓦《かわら》みたいな形のおせんべいを見つけて、買って食べたりした。美味しそうなジェラートもあったので、グレープ味のジェラートをゆっくり堪能《たんのう》し、お土産ものも見て、夕方になるまでにもう一風呂浴びようかと思っていたら、ジャンから連絡があった。

「おわりました」と言うので行く。いつの間にかもう五時になっていて、閉館時間になったらしい。ふたりとも資料の束を持っている。

「調査はどうなった？」

「あれは素晴らしい。あの水車は一周で一刻、つまりと十四・四分と言ったろ、百周したらちょうど二十四時間、つまりは一日になる……って、なんだ藤子はこざっぱりとした顔をして、口の端にかけらをつけて！　ひとりで何を食べてきたんだ言ってみろ！」と両頬《りょうほお》をむにむにされる。

割り込んできたジャンが「僕とてもがんばりました」と言い、「そっか偉い偉い」と返すとアキオが「なんか腹立つ」と言う。

「違うよ、諏訪大社にお参りをしてたんだよ……この修理が上手くいくようにと。祈願だよ祈願」

「嘘つけ俺らのこと半分忘れてただろ」

やいやい言いながら今度は宿を目指した。宿は歩いてすぐだったので、散歩がてら、この下諏訪の道をぶらぶら歩いてみることにした。歩道のところが石畳になっていて風情《ふぜい》がある。宿場街道らしく、伝統的な町並みの雰囲気の中、手水鉢《ちょうずばち》が置かれていて、かすかに湯気があがっている。ぶらりと入れるような温泉も多いようだ。木の格子が美しい、宿場街道資料館をジャンが見たがったので、中をのぞいてみたりする。

「ここまで来て良かった。実物を見てみなければわからないこともある」

アキオが言うと、ジャンも頷いている。

「先生はとてもよいです。僕たちをよく教えました」

「明日、この水運儀象台の建設にも携わった先生方がちょうど近くに来ているようで、呼んでくださるそうだ。屋敷と部品の写真を見せたら、いろいろとアドバイスが受けられると思う」

メモを見せてもらったら、π《パイ》だのルートだの、数式がぎっしりとなっていて驚く。

「何この数式」

懐かしい。πなんて本当に久しぶりに見た。

ジャンのも見せてもらったら、美麗な絵の隣に、やっぱりぎっしり数式が書いてある。

「そりゃ計算は要るさ、俺らが目分量で時計を作ってるとでも思ってるのか。数マイクロメートルでもずれたらもうすべてが駄目なんだぞ」

旅館にはすぐ着いた。立派な門をくぐれば、形のいい松が斜めに伸びている日本庭園で、岩は美しく苔《こけ》むしている。玄関の木の引き戸が開くなり、ジャンが嬉しそうな声を上げた。調度もアンティークで素晴らしい。

藤子にしては奮発した方だったが、ジャンたちの喜びようをみていると、伝統的な旅館にして正解だったと思った。

「あ、こちら、頭上にお気をつけくださいね……」声をかけられるので、アキオが鴨居《かもい》にぶつけないように、頭をちょっとかがめて部屋に入った。仲居さんがお茶を注《つ》いでくれる。ジャンが「僕は、スイスから来ました」と言うと、「まあー、それは遠いところを」と喜ぶ。アキオを見上げて、「一番大きい浴衣《ゆかた》をお持ちしますからね」ということになった。

お茶請けのおまんじゅうが美味しそうだ。窓から日本庭園が見える。部屋からの眺めもすばらしいということで、ここを選んだのだ。

代わりの特大の浴衣をもらって、仲居さんの挨拶《あいさつ》が済んだら、ふたりとも「ああ」とか「わあ」とか言いながら同時に畳に伸びた。緊張が解けて相当疲れたらしい。長々と寝そべっている。このふたりが、畳の上で寝そべっているのが妙な感じだ。

「ユカタ」と、ジャンが着たそうにするので、藤子も隣の部屋に移動して浴衣を着る。

「ふたりとももう着た？」とふすま越しに言うと「はい」とジャンの声がする。

「ところでアキオ身長いくつだっけ」「一九四センチ」あつらえの浴衣は、最大のものでもたぶん一八〇センチ用らしく、アキオにはまだ若干短かいようで、すねがニョッと出たつんつるてんなのだけど（日本を代表する着物男子のバカボンみたい……）などと言うと、千の蘊蓄が返ってきそうなので我慢する。ジャンはジャンで細いからか、自分で着たからか、ちょっと妙で「ジャン、帯はもうちょっと下の方が」と直してやると照れ笑い。

「ところで、ふたりは温泉って入ったことあったんだっけ」

「スイスでは入ったことあるけど水着だな」

「そうか大丈夫？　いろいろ大丈夫？」

心配になる。

「俺がついてるから大丈夫だって」

とアキオが言うが、ちょっとあやしいような気もする。

「ヌーディストビーチのようなものだから気楽にいけと話してある」

「そうなの？　そうか……ヌーディストビーチか……それならそれでちょっと恥ずかしいというか。そういうノリなの」

まあアキオに任せるしかしょうがないので、とりあえず、温泉から出たら、男湯と女湯の出口の近くにある、休憩ベンチで待ち合わせすることになった。

女湯はまだあまり人がいないので、のんびりできそうだ。湯は澄んでいてやわらかく、ちょっと熱いけれどすぐ慣れた。足湯でも熱い熱いと言っていたジャンは大丈夫かな、と思う。

内湯もいいけれど、やはり露天風呂にも入りたい。湯気で曇ったガラス越しに、りっぱな岩造りの露天風呂が見える。露天風呂には誰もいなかったので独り占めだ。大きく手を伸ばすと、ちゃぽん、と湯が鳴った。垣根《かきね》越し、ちょうど隣も男湯の温泉のようで、ごにょごにょと何か外国語が聞こえると思ったらあのふたりらしい。

「おーい。ジャン！　アキオ！」と言うと、垣根の向こうが一瞬静かになって「トーコ？」と聞こえた。

「ジャン大丈夫？　お湯、あつくない？」

「あつくないです……あついです」

なんとなく想像する。岩のところで湯気がほわほわなっていて、さあ風呂だって言って入って突然ジャンがいたら「何これギリシャ神話?-」となって驚くだろうなと思う。

「いい湯だ」アキオの声がする。「やはり俺の半分のDNAが温泉を喜んでいる」などと言う。「ジャンは、冬にオープンカーに乗っているときみたいだって言ってる」

例えがお坊ちゃまのそれで、わかりにくいけれど、そんなものなのかな、と思う。

すっかり温泉を満喫して、飲料用の温泉も味見し、ふうと息をつく。先に出たのは藤子のようで、自動販売機に小銭を入れると、ごとん、と瓶が落ちる音が響いた。瓶のコーヒー牛乳を飲みながらふたりを待つ。手のひらがひんやりして気持ちがいい。

しばらくするとふたりが出てきた。タオルを提げて風呂上がり、すっきりしている。

「僕も飲みます」と言うので、みんなで並んでコーヒー牛乳を飲んだ。

「ああ」と気持ちよさそうにしているので、温泉は大丈夫だったようだと安心した。

「朝まで入れるみたいだから、わたしは後でまた、入りに来ようかな」

料理が美味しい宿だということだったので、別室の料理——先付けの一品の盛り合わせに豪華刺身、一人一人で鉄板で焼いて食べるお肉、おこわに茶碗蒸し《ちゃわんむ》し等々三人とも喜んだ。

「食べ過ぎた」とお腹《なか》をさすりながら部屋に戻ると、布団が三枚並べて敷いてある。

一枚無言で引っ張って、隣の部屋にダッシュで持って行った。

「えーこっちで寝ないんだ川の字で」「なぜトーコ行きますか」

と言うのでスナップをきかせて枕《まくら》をぶつけてみる。ふざけて枕のぶつけ合いになった。

明日は、施設の人と、水運儀象台の前で十時に待ち合わせしているそうだ。朝は七時に朝食ということで、明日に備えてそろそろ寝ようということになる。

「おやすみ」

「明日な」

「トーコおやすみなさい」と言って、ジャンがふすまを閉めた。

途中目が覚めて、トイレに立つためにそっとふすまを開けると、ふたりとも同じ寝相をして、アキオは布団から大きく脚がはみ出している。浴衣がもはや浴衣となっておらず、ふたりとも紐《ひも》がお腹に一本だけ、あとはお腹丸出しで寝ているので笑ってしまった。こうやって見ると本当の兄弟みたいに見える。頭も身体《からだ》もずいぶん疲れたのか、ふたりとも微動だにしない。

お腹に布団を掛けてやろうかと思ったけれども、空調が暑かったのか、なぜか掛け布団の上に寝ているので諦《あきら》めた。

朝一番に起きると、まだ寝ている。やっぱりお腹丸出しなのを起こさないように朝風呂に行った。帰ってみると、窓の横の、ソファーと机のスペースにふたりとも起きている。アキオは朝に本当に弱いのか、まだ目が半目でしょぼしょぼしている。とりあえず、「ジャンおはようアキオおはよう、ところで今現在、世界で一番大きな時計として認められているのはどこの何の時計だっけ？」

と聞いてみると、「よくぞ俺に聞いたよ藤子、それはな」と急にアキオの頭が働き出し、世界で一番高い時計塔から大きな腕時計までいろいろ喋《しゃべ》りに喋った。それにしても、世界一高い時計塔の長針が針だけで二二メートルというのはすさまじい。メッカ・ロイヤル・クロックタワー、総工費一兆五千億円、堂々の六〇一メートル。ほうほうと聞き入っていたせいで、朝食の部屋まで大急ぎで行くことになった。

朝食は焼き魚と味噌汁《みそしる》、白飯の正しい日本の朝ご飯、というような感じだった。おひつのところにアキオがいたので、よそってもらったら昔話のご飯みたいに大盛りになった。部屋に帰りすがら、面白そうなものを見つける。廊下の奥にあるのはどうやら時計のようだ。気になって、三人で見に行くことにした。

それはもう動いておらず、置物として飾ってあるようだった。貴重なものなのだろう、ガラスケースの中に収められている。時計は二つ並んでいて、一つは漢数字、もう一つは表示が子《ね》・丑《うし》・寅《とら》の干支表示になっている。古びた金属がくすんだ金色をしており、表面の花の彫刻が美しい。干支の時計の方は、十二時があるはずのところが子、六時を指すところも午《うま》となっている。干支も十二、時計の数字も十二ということで、子から時刻が始まるようになっているようだ。

「藤子、これは和時計だな」

三人であれやこれや言っていると、女将《おかみ》さんがその様子を見て声をかけてくれた。「まあ、スイスから時計を見にいらっしゃったんですね。これ、うちに代々伝わる、江戸時代末期の和時計なんです。そういうことなら、せっかくなのでどうぞ間近でご覧になってください」と、ガラスを開け、直接、時計に触ることを許してくれた。「少々お待ちくださいー」と、アキオが部屋から白手袋と虫眼鏡のようなキズミを持ってくる。「歴史的なものだからくれぐれも慎重に」と、アキオに再三注意するよう言われる。

「アキオ、なんで一番上がねずみなんだろう。この干支の所がさあ、こっちの漢数字の時計では——」などと言いつつ少し文字盤の漢数字に指が触れたら、触り方が悪かったのか、四の表示がずれて、がくんと動いてしまった。(やばい)と冷や汗をかく。壊れたかもしれない。これ、もしかして弁償となったら、ここで五年くらい無給で皿洗いとか、などと頭に渦巻く。江戸末期の時計なんて、いくらくらいのものなのか見当もつかない……

「本当にすみません」と謝ると、「いえいえ、もともとこれはこういうものなんですよ。ご心配なさらず」と言って、女将が漢数字の位置を元に戻した。

文字盤の、漢数字が動くなんて、いったい。

そんなの、数字が動いたりなんかしたら、時間も狂うし、見て正確な時間なんてぜんぜんわからなくなるだろうに。

「藤子は不定時法は知らないのか。日本の学校では習わないか」

アキオがへんなことを言い出す。

「時計学校でもまだだし、中学とか高校でも習わないよ。聞いたこともない」

「聞いたこと、きっとありますよ」女将が笑う。「草木も眠る?」と聞いてくる。「えーと。丑三つ時」

「その丑三つ時の丑、丑がそうです。ほら」と、一時の位置にある丑を指す。なるほど、一時ごろだと、確かに真夜中でオバケでも出そうな時間ではある。

アキオも頷きながら、文字盤を指す。「藤子、夏は日が長いだろ。冬はどうだ」

「……短い」

「そう。今は夏時間。だから——」言いながら、アキオが文字盤の漢数字を移動させ、上の方に集めて、下の方の漢数字の間隔を広くした。現代の時計の文字盤で言うと、上半分の十、十一、十二、一、二時、までが上にぎゅっとかたまり、反対に下半分の、九、八、七、六、五、四、三時の間隔は、大きくあいたようになっている。

「え。これが何」

「ほら、これで昼間の時間が長くなった。江戸時代の不定時法では、日の出から日の入りまでの時間を六等分する。こうすると、下半分である昼の時間の間隔が広くなっただろ。だから、夏は昼の時間の一刻が長くなる。夜は夜で六等分する。だから簡単に言うと、夏は昼の一時間が一時間じゃなくて、一時間が一時間十分とかになる。冬は逆に一時間が五十分とかになると考えたらいい」

「え。じゃあ。冬の丑三つ時と、夏の丑三つ時は、今の時間としては違うってこと?」「いま、冬です」

「そうそう」アキオが言うと、今度はジャンが漢数字を触って、元の位置に戻す。

たしかに、今度は昼間の時間が短くなった。

「そんなの超ややこしくない? だって冬と夏とで一時間がころころ変わるんだからさ。なんでまたそんなことをしたんだろう」

「そうか? 人間も動物なんだから、季節によってコンディションも変わるだろ、合理的だとも言えるけどな。もしも、今も日本が西洋の定時法を取り入れてなかったら、今でも不定時法を使っていて、夏は長く働き、冬は短く、皆が太陽に合わせて一日を動いていたのかもしれない」

どんな感じだったんだろう。現代ならもちろん、夏でも冬でも一時間は一時間だ。でも、不定時法で、夏は一時間が長く、冬は逆に短くなるのだったら。

女将に礼を言って、宿を後にした。

しもすわ今昔館おいでやで行われた、ジャンとアキオ、専門家との話し合いは藤子にはちんぷんかんぷんだったものの、ジャンもアキオも熱が入り、最後には先生方と固く握手して「成功を」と力強く言われる。頭の中で葉加瀬太郎《はかせたろう》のあの曲を流しながら、藤子もそれに混じって「頑張ります」と言ったりしてみた。

帰りのあずさでは疲れて、ジャンは鉛筆を持ったまま、アキオは斜めに大きく伸びながら三人ともうとうとしていた。

さて、これで無事に修理ができるかと思いきや。

そうはいかなかった。

「日本の竜はどう鳴くんだ藤子鳴いてみろ」「トーコお願いします」などとふたりして頼みこんでくる。

店が休みの日には、早朝から三人でこちらの時計屋敷に来ているのだけど、修理は苦戦していた。

「そんなの知らないよ、竜は、ギャアーとか言うんじゃないの」

「ギャアー?」ジャンが熱心にメモを取っている。「いやまあ想像で」「竜を鳴かさなければならないのに、この時計には鳴く要素がどこにもない上に、三時ちょうどに鳴かせるような仕掛け自体が存在しない。あるのはただの筒だ」

とりあえず、水運儀象台と職員の方たち、先生方のおかげで、水時計自体については何とか動かせそうなものの、どうやっても竜が鳴かせられないのだという。

「鐘もないし、チャイムもない」

中水に電話をして聞いてみるものの、音を録音したような音源はないのだという。

「不思議な声です。オオーーーというような。聞いたことのないような響きです。神秘的な、とても大きい音が出ます」

と言うのだが、音を声で表すのはとても難しい。どうやら聞いてみると、親子の仲自体も少し複雑だったらしいということもあって、息子の中水氏自身、あまりこの屋敷には関《かか》わっていないというのだから余計に困る。

「〝オオー〟って何だろう」

どうやら水運儀象台とは関係の無い仕組みらしい。

「でも、仕組みには水を使うことには変わりないんだ。水を使って竜の声を鳴らす」

「水なんて鳴るっけ？」

「鳴るもんか、だから困ってるんだ。藤子、日本古来の楽器で、水を使うものはないのか」

と聞かれるも見当もつかない。そういえば、日本庭園で、水の滴が落ちる音を聞く「水《すい》琴窟《きんくつ》」なるものを見たことがあるけれど、あれは微《かす》かな音しかしないので違うだろう。

仕方が無いので、携帯で「水　楽器」で検索してみた。グラスから繊細な音が出るもの、大きなガラスの棒がぐるぐる回っていて、それに指をつけて演奏する不思議な楽器の動画などが出てくる。まったく関係なさそうなものが多い中、とりあえず何かヒントにならないかと動画を片っ端から見ていく。氷の楽器、音の鳴る鍋……動画は多いが、あまり時計に関係ありそうなものは見つからない。

藤子も残された材料を見に行ったが、壁面には金属製の排水パイプのようなものしかなく、本当に、楽器らしいものはどこにもない。笛の一つでもあればいいのだけど。

ふと、藤子は幼なじみのお姉さんの素敵な結婚式を思い出していた。何で急に結婚式を思い出したんだろうと思ったら、そこの会場にパイプオルガンがあったのだ。ちょうどこの管はパイプオルガンの管にもちょっと似ている。

「そうそう、この前、千穂《ちほ》さんの結婚式でさ、すごいパイプオルガンがあったよね、それでさ」

いきなりふたりがこちらをじっと見ている。

まだ見ている。

「え。何」

アキオとジャンが外国語で何かを話し込み、ひとしきり話し合った後で、力強く頷き合う。「これで鳴る。竜は、鳴くはずだ」

「トーコありがとう」と、ジャンにもなぜか礼を言われる。

アキオは中水と直接交渉して、宿泊のため部屋を使わせてもらうことにしたようだった。さすがにベッドは家主に遠慮して、あとダニなどの虫なども用心したのか、ソファーと寝袋を使って寝るらしい。

「え。ふたりとも、まさかここで泊まり込みするつもりなの、本当に？」

「間に合うかどうかだが、一週間で片をつけたい」

「まにあいます」ジャンも言うが、お坊ちゃま育ちなのに寝袋なんて大丈夫なのかと思う。

寝袋や飲み水、食料もありったけ買い込んで車に積み、ホームセンターに寄ってガスコンロやフライパンなどのキャンプ用品、こまごましたものも買って屋敷に下ろした。

「いや、でも本当に大丈夫なのふたりで」

この半分廃屋みたいな屋敷に、ふたりだけを残していくのは気が引ける。

「だいじょうぶです」

ジャンは笑った。

「まあ一週間後のお楽しみってとこだな」

帰り道、荷物とふたりがいないので車が軽く、なんだか妙な感じがした。大丈夫かなあと心配になる。

三日後くらいに電話がかかってきた。

「ああ、アキオか、そっちは大丈夫なの」

「ああって。俺が電話して、たいして喜ばない女は藤子くらいだ」

ハンズフリーにしたのか、「トーコ！」というジャンの声もする。

「ジャンも大丈夫、つらくない？」

「めずらしいです」

まあ廃屋でキャンプなんて珍しいだろうなあと思う。

「どう、進んでるの」

「だいたいできたが、わからないことがあって困ってる。三時に竜を鳴かせるつもりが、なにかが妙だ」

「妙って何が」

「仕掛けが妙なんだ。ガンギ車の代わりの――」そこから何かの専門用語がずらずらっと並んだが、藤子の耳を右から左へ抜けていった。「――ということで困ってるんだ」

「それは大変ですな」

「……なんか腹立つ」と言って笑い、「まあいい、鳴かせるのは鳴かせるで、できる。ただ三時ぴったりの時刻に、うまく連動させる仕掛けがわからない」

「おやつの時間に竜は鳴くんだけどなあ……」言ってしまってから、藤子の中で何かがはじけた。

「ごめん、〝おやつ〟は三時じゃない可能性もある。三時じゃないかも」

藤子は和時計を思い出していた。「もしもだよ、もしも。おやつが、〝お八つ〟だったら」

「おやつがおやつだったらって何だ」

「あの女将さんが言ってたでしょ、〝丑三つ時〟って。丑、三つの時で今の真夜中だけど、一時からは、ずれてる。八つも、あの和時計方式だったら、おやつって言っても今の三時ちょうどじゃ無いかもしれない」

電話先で何か話している声がする。

「わかった。もう一度見てくる。ありがとう藤子」

切れる前に声がする。

「じゃあ、次の月曜日に。間に合わせるから楽しみに」

ピロン、という音がして、何かと思えば写真が来た。この一連の準備をするときにホームセンターにも寄ったのだが、そのとき買ったらしき麦わら帽（後ろスカーフ付き）をおそろいで被《かぶ》ってあごの下でスカーフを結んで、雑誌のモデルみたいなキメキメの謎ポーズを取っている。手には鍬《くわ》と鎌《かま》を持っている。時計の修理なのに、なんで農作業みたいになっているのか、いったいふたりして何をやっているのか心配になった。

次の月曜日。

朝、指定された時間に着くなり驚いた。

館の前、庭全体に巨大な池ができている。その巨大な池は館に半分かこわれるようにして作られているのがわかった。

「トーコ」と言う声がして、池を迂回《うかい》してジャンとアキオがやってくるが、ふたりともなんだかむさ苦しい。ジャンはまだましだがずいぶん日に焼けて、アキオは髭《ひげ》ぼうぼうになっている。

「風呂は借りられたがひげそりを忘れた。近くにコンビニも無いし」と頬に手をやっている。「触る？」「いやいい」

「せんたくしました」ジャンが脚を交互に動かす。どうやら風呂場で洗濯したらしい。

「それにしても、この池、何」

「もともとはここに大きな池があったんだ。干上がって雑草だらけになっていたのを俺らが刈った」

あの麦わら帽子と鎌は、このためだったかと思う。

「でもアキオ、修理だけでも大変なのに、何も庭の掃除までやらなくても」と言うと、

「馬鹿言え、これも時計だ」と妙なことを言い出す。

藤子は、ふと、完成した時計を見上げてみた。

自分の時間の感覚がおかしくなったのかと、目をパチパチさせる。

携帯で時間を確認すると、現時刻、待ち合わせの二時ちょうど。時計は動いているものの、まったく別の時刻を指している。どう見ても、短針は十時を指している。十時？

「え。ちょっと待って、あの時計の時間、思いっきり間違ってるよね、どうして」

「合ってるさ」「あってます」と、ふたりはすまし顔。

「まあまあ、とにかく時計塔まで登ってみよう」と言うので、とりあえず館の左側にある螺旋階段を登ってみた。上に上がるにつれて、水音が大きくなってくる。やっと屋上に着いたら、部屋はすっきりと整理されていた。正面の大きな水車に目を奪われる。

「この時計の機構は、水運儀象台をもとに作られた水時計というのは確かだった」

見れば、確かに同じように水車が水を溜め、重みで回り、傾いて水を落としている。その繰り返しの音が延々と続いている。

「そろそろか」とアキオが時計を見たら、ジャンが頷いた。つられて藤子も携帯を見る。

二時二十分。

「何がそろそろなの……」

いきなり。

オオオオオオオオオオオオオオーーオオオーーという聞いたことのない音が鳴り響いて、身体中が包まれる。頭の芯《しん》に響く音だ。和音になっているようで、複雑な響きをしている。

反響した音が消え去ってもなお呆然《ぼうぜん》としていると、「竜です」ジャンが言った。

「竜のしかけはこれだ」と、天井までに伸びる排水パイプを見せられる。

「紀元前三世紀のギリシア。クテシビオスは水時計などを作り上げたすぐれた発明家だった。クテシビオスの父親は腕利きの散髪屋で、仕上がった姿を、鏡で客に見せることで人気を集めていた。鏡はとても重い。いちいち鏡を持ち上げていたら労力もかかる。そこでどうしたかというと、クテシビオスは、鏡を滑車でつりあげ、同じ大きさのおもりをつるし、軽い力で動かせるようにしたんだ。おもりが揺れ動いたら危ないので、管に入れた。すると」

アキオが管を指さす。

「管は不思議な音を鳴らした。これにより史上初の鍵盤《けんばん》楽器、ヒュドラウリスと呼ばれる水オルガンが誕生した。パイプオルガンの先祖でもある。この楽器はローマ皇帝にも愛され、音も大きいため、コロッセオでも活躍した。剣闘士の戦いを讃《たた》えたんだ」

古代中国の時計機構に、ギリシア紀元前の楽器。あまりの時の飛躍に、頭がついていかない。

「すごい。いろいろすごい。すごいけど、でも、肝心の時計が狂ってるでしょ、なんで時間を直さないの。今、二時すぎだよ。十時じゃないよ」

「狂ってないさ」

アキオが不敵な笑みを浮かべる。

「トーコ。きてください」と、ジャンが手を引いてどこかへ案内しようとする。今度は館右側の居住スペースに向かった。

部屋は、屋敷の主人の部屋だった。ロッキングチェアがぽつりと置いてある。

「どうぞ」

おそるおそる座ってみた。

窓の外を指す。何があるのだろう、と思って見たら。

そこには、時計があった。

庭の池を水鏡にして、館の反対側にある時計が映っている。

なんでこの屋敷に時計がひとつも無いのだと思っていたら。

時刻を見ていたのだ――この池越しに。

「え。じゃあ、あの表の時計、逆なの？　床屋さんの時計みたいに」

アキオが「そのとおり」と言った。「この家は庭園も含めて、館全体が時計なんだ――しかも、定時法じゃない。不定時法の」

「不定時法……じゃあ江戸時代の、昼間の時間が、夏は長くて冬は短くなるっていう、あれ？」

アキオが大きく手を開いた。

「なんとも贅沢《ぜいたく》なつくりじゃないか。この屋敷の持ち主は、俗世から離れ、自分ひとりだけの時の流れを楽しんでいたんだ。これぞ現代の、究極の贅沢かもしれない」

ジャンが三本の指を立てると、アキオも頷いた。

「そうだ。古代中国の時計機構と、古代ギリシアの楽器、江戸の日本の不定時法、中国と、ギリシアと、日本の叡智《えいち》を駆使してできた究極のからくりを、水鏡で楽しむ。お祖父様の挑戦状は、なかなか解き甲斐《がい》があった」

「ラーメンの……全部載せみたい……」

「もっと壮大なたとえをするように」と言われるが、思いつかない。

よし、これなら中水氏もきっと喜んでくれるに違いない。藤子は時計が完成したことを告げるため、電話をかけた。なかなか繋がらなかったが、やっと繋がる。

「ただいま時計が完成いたしました」

返ってきたのは、思いがけない言葉だった。

「父、中水寛一が、本日、亡くなりました」

＊

葬儀も終わって落ち着いたころ、完成した時計を見たいと中水から連絡があったので、ジャンとアキオと連れだって車で行く。

中水は、湖を前にして、時計を懐かしく眺めていた。

「父は大変気難しい人間で、外界から遮断されたような暮らしを好みました。テレビなんてものも御法度《ごはっと》です。幼いころ、退屈の余りラジオを盗み聞いていたら、叩《たた》き落とされたこともありました。わたしにとって思い出の父はいつも怒ったような顔をして本を読んでいる、そんな人間でした。正直に申し上げて、ここの思い出はあまり愉快なものではありません」

風が吹いてさざ波が立ち、水鏡になっている時計も波だった。

「わたしは父と違って凡庸《ぼんよう》な人間です。父がわたしに何かを期待することなど無かったのですが、生涯にひとつだけ、わたしに頼み事を。竜の声を、もう一度だけ聞きたいと」

それでも、結局、間に合わなかったのだ。

「すみませんでした。修理、間に合わせることができなくて。お父様の願いを叶《かな》えることができなくて」

「いえ」中水は首を横に振った。

「そんなことはありません。近頃は容体が悪化していましたから、結局、こちらに連れてくることは難しかっただろうと思います。父が旅立ったのはちょうど、あの日の十四時二十分。まさに竜が鳴いていた時間でした。きっと、天に行く道すがら、この竜の声に包まれながら逝ったのでしょう。それはたいへん幸せなことであったろうと思います。ありがとうございました」

機構の説明のために、館の左側にある時計塔に移動する。螺旋階段を、一段一段登っていく。水音が聞こえると、中水は、ほう、と息をついた。

天井まで伸びる、巨大なパイプ——竜の声を出すパイプのところに、ぜひに、と中水から頼まれて、サインを入れることになった。

「まず藤子から」「いやジャンとアキオから」「トーコどうぞ」先にダイヤモンドがついているというペンが三人の間を行ったり来たりしたけれども、まず藤子が名前を書くことになった。祖父の名前、十刻権平と書いて、下に、今日の日付と、十刻藤子と楷書《かいしょ》で入れた。ジャンはなんて書くのかと思ったら、イニシャルだけ綺麗な飾り文字で入れていた。アキオもそれに倣《なら》って、凝ったデザイン文字のイニシャルを入れる。

その後、屋敷全体に手を入れて、係員を常駐させ、お屋敷と水時計を一般に公開することになったと聞いた。たしかに雰囲気のある洋館と凝ったからくり時計は、いろんな人に見てもらった方がいいかもしれないと思う。屋敷がにぎやかになるのは、持ち主の中水寛一氏にしてみれば、あまり歓迎できないことかもしれないけれど。

中国とギリシアと日本の叡智を結集させたようなあの時計が、今も水音をさせながら動き続けているというのは、どこか不思議な気持ちになる。ジャンとアキオの頑張りが、たった一日で無駄になることなく、本当に良かったと思った。

時計屋敷の取材の一環で、例の時計雑誌の記者が店にやってきた。この記者、母国でのジャンの素性を知っているようで、以前、秘密でここへ滞在しているジャンのことを記事に書きたがり、アキオとジャンにきつく口止めされたことがあるのだ。

「このイニシャルって……これってそうですよね？　そうでしょ。今もこちらにお住まいなんですか？」

記者が、声を潜《ひそ》める。「内緒で教えてくださいよ。お礼は弾みますから」

「いいえ。単なる……助手です助手」

「だってイニシャルで、〝J〟って」

「ええと。助手の治五郎《じごろう》と按次郎《あんじろう》です」と、ごまかした。


ジャンから、もうスイスに帰らなければならないと聞いたのはその夜だった。今回の滞在は四ヶ月でずいぶん短い。「トーコ。かならずもどります」とジャンは言う。だいぶアクセントも上手になってきたのは、日本語の特訓のせいもあるのだろう。

アキオが席を外しているときに、声をかけられた。

「トーコ。スイスに来ませんか」

それは、一度、観光においでよ、というような雰囲気でなく、真剣な目だった。茶化してはならない、大事な話なんだなとわかる。

一度、きちんと、話した方がいいなと思った。

「ジャンありがとう。そうだね、スイスにはわたしも行きたいな」

ぱっと顔が明るくなる。「僕の飛行機――」

「でもねジャン。わたしも日本で、この店があるの。この店は、わたしの子どもみたいなものだよ。一週間とか、十日は大丈夫。でもね、ずっとは無理」

口をついて出てきた言葉に、自分でも驚いていた。あんなにすべてが嫌だった時計店の店番だったのに、今ではこの店を離れがたく思っている。色とりどりの花でできた緑の壁も、父の時計も、五時に鳴る鐘も。

賢いジャンのことだから、これでなんとなく察してくれただろうな、と思う。

国も違えば環境も違うし、年齢も違う。軽々しく何かを言ったりして、この未来ある子の邪魔をすることがありませんように。いつか独立時計師になるという夢を、心から応援できますように。海を越えた遠くからでも。

ちょっと沈んだジャンだったが「わかりました」と静かに言った。

〈幕間〉時計師ふたりの日常 5

アキオは、すずらん通りのバー、ORSOにもしばしの別れを告げに行く。今日ははじめて、ジャンを連れて行った。

半年を予定していたけれど、今回の滞在は四ヶ月と少しという短いものとなった。ジャンは父上ともずいぶん揉《も》めたようだが、「ではカードを止める」という必殺技を使われそうになったので、しぶしぶ帰ることにしたのだった。

「アキオさんの弟、マジで可愛《かわい》いー」となれなれしく頭を撫《な》でようとした女がいて、ジャンの威厳ある冷たい笑みに(たいへん申し訳ありませんでした)というように手を下ろした。すべての顔のパーツのバランスが整っているジャンだが、個人的には「この愚民め」というような冷ややかな目をしたときがいっそう、その美しさが際立つと思う。

結局、ORSOの壁画に隠された、七つ見つければ願いが叶《かな》うというボトルはまだ五つしか見つかっていない。まだまだ願いは叶わないらしい。そのことを店主に言うと、「じゃあアキオさん、次に日本に来たときのお楽しみにしておいてくださいよ」と笑った。

ジャンは、未成年ということで、こちらでの法に従って、店主に甘夏を丁寧に搾《しぼ》ってもらったノンアルコールカクテルを飲んでいる。

ふと、壁画の中に隠されたボトルに目が留まる。見つかるまでは、どこにあるのかさっぱりわからないのに、一度見つかればボトルだとはっきりと認識できるのは不思議だ。

——願い。

考えながらグラスを口に運ぶ。

「ここの通り全体とトーコの店、土地ごと買い占めるとしたら総額どのくらいになる」

カウンターに頬杖《ほおづえ》をついて物憂げにグラスを傾けながら、この王子はいきなり何を言い出すのかと思った。本当にやりそうなので、「ジャン、諦《あきら》めろ」と笑って釘《くぎ》を刺しておく。

「やろうと思えばできるけど藤子はそれを望まない」

「知ってる。言ってみただけだ」

どうやら王子は、藤子に振られたらしいと察する。

「一流の時計師になれるのは、諦めの悪い人間ばかりだ。そうだろう？」

それもそうだ。それ位でないと、世界でたった数十人の独立時計師の座を手に入れることはできない。

ジャンのグラスの氷が鳴った。

「今までの人生で、真に望んで手に入れられなかったものは何一つとしてない。そしてこれからも」

こちらを見る。すべてを見透かした上で、それでも自分を曲げないという強い意志を感じる。日本語に訳すとしたらやはり一人称は「余」だなと思う。

そのときドアが開いて「やあー遅くなってごめんごめん」と藤子が入ってきた。「お腹《なか》空《す》いたー、リゾット大盛り！　大盛りでお願いします！」

「トーコ。みかんおいしい」と、ジャンが急に可愛くなるのを見て、そこにいたすべての人間が「ああ」と察したらしい。

可愛い弟のために席をひとつあけてやると、そこへ藤子が「腹ぺこ腹ぺこ」と言いながら座った。

エピローグ

ジャンとアキオの出発の朝、藤子は、じっと父の精巧複雑時計、時の藤《ラ・グリシーヌ・ドウ・タン》を見つめていた。

ガラスの向こうで、時の藤《ラ・グリシーヌ・ドウ・タン》は動き続けている。背景の色を明るい昼の色に少しずつ変えながら。この精巧な仕組みがどうやって動いているのか、まだ藤子にはわからないけれど、いつか少しでもわかるようになりたいと思う。

ガラスには反射して、三人の影も映っている。大きいのと、小さいのと、小さいのと。

針はゆっくりと動き続ける。

「トーコ。〝時の藤《ラ・グリシーヌ・ドウ・タン》〟を、もう一度、さわりたいです」とジャンが真剣な声で言う。

「この時計にはまだ秘密があるんだ。中に、隠されたメッセージがあると思う。今回、お祖父《じい》さんの水時計を修復していて気付いた」と、アキオも妙なことを言い出す。

いきなり何を言い出すのかと思った。

「メッセージって何。そんなの考えすぎだよ」

笑ったが、ふたりとも真剣な顔のままだった。

「ジャンも俺《おれ》もそうだが、父親と息子が時計師といったように、一族で時計師というケースはよくある。親子でセンスや技術が似ることは多い。この時計、時の藤《ラ・グリシーヌ・ドゥ・タン》には十二宮の星座をかたどった仕掛けがあっただろ。こんなに精巧な時計なのに、星座の星が一つ多いことに、俺たちは前から違和感を抱いていた。あの緻密《ちみつ》な水時計を完成させた、お祖父さんの息子である、お父さんにしては、〝らしくない〟ミスだ」

　ジャンが、メモを出して、星座の図を出してくれるがよくわからない。

「星が一個多いとか、ただ間違えたんじゃないの」「ちがいます」

「そうじゃない。どれにも、一個だけ、星座にない星がある」

「それが何」

「それこそが、お父さんの残した暗号なのかもしれない」

「暗号とか。お父さんアル中だったから、手元が狂ったんだって」

　ふたりとも、じっとこちらを見ている。

「藤子。今から言うことは俺たちのただの仮説だ。聞いてくれ」

　表情から、これからの話はとても重要なものであるらしいことがわかった。

「お父さんは、どこかで、フランス人の〝先生〟と何かの共同作業をしていた。この時計、〝時の藤《ラ・グリシーヌ・ドゥ・タン》〟の機構のヒントも教わりながらだ」

　頻繁にいなくなってはいたけれど、たぶんフランスにまでは行っていなかったはずだ。

「まさか。フランス人なんていないって。うちにも来たことないよ。フランスに頻繁に行くお金なんてないしさ。そもそもうちそんなにお金ないし。ただの思い違いだよ」

もしかして、学費、そのために使っちゃったのかなと、藤子は、また当時のことを思い出して、急に胸の奥に暗い雲がたちこめてくる気持ちになった。娘の将来より、自分の時計が大事だと判断したのかもしれない。

いや。でも盗《と》られた通帳は、細かく引き出されていたのではなくて、失踪《しっそう》した後、一度に下ろされていたのだ。こまめに旅費などを下ろしていたのであれば、記録に残っていただろう。

「とにかく、どこかで、お父さんは何かの作業をしていた」

アキオがしばらく黙る。

「そしてたぶん。お父さんは、メッセージを暗号として残さなければならなかった。誰《だれ》かの目を恐れながら」

部屋がしんとする。

「誰かの目を恐れてって、何」

「お父さんは、何かの事件に巻き込まれていた可能性がある」

「まさか」

「おとうさんと、せんせい……」ジャンが呟《つぶや》いた。

「お父さんは、亡くなる直前、誰かを助けようとしていた。たぶん、フランス人の、時計の先生を」

じっと三人で、時の藤《ラ・グリシーヌ・ドウ・タン》を眺める。

もしもこの時計に、何かメッセージが残されているとするなら、父は何を伝えたかったのか。

開いてしまったら幸せがみんな出てしまったという箱みたいに、知らなくてもいいこともあるのではないか――

父がこの時計を作る傍ら、何をしようとしていたのか。どうして精神を壊してしまったのか。いったい誰を助けようとしていたのか。それをすべて知ってしまうのは怖い。

でも、本当のことを知りたい。

まだまだヒヨッコだけど。一人の時計職人としても。

「この暗号を解いてみせる」アキオが言うと、

「トーコすぐかえります。待っていてください」

ジャンも時計をじっと見ながら言った。

見送りに来た空港は、いつでも千駄木の店より時間の流れが少し早いような気がする。スイスはサマータイムで時差も七時間。これから飛行機に乗って、ふたりが着いたころには朝の六時、もう日本の時間でなくスイスの時間を生きるんだと思うと不思議な感じがする。

ジャンに続いて、出発ロビーまでのエスカレーターに乗る。ジャンの髪はつやつやしていて、それがみっしりと目の詰まった白い麻のシャツの襟にかかっている。肩の線にちょっと見入った。

この前は、もっと子ども子どもしてたんだけどなあ、と思う。なんだか急に大きく、というか大人っぽくなったというか。不意に見せる、男っぽい雰囲気になんだか戸惑う。すぐ後ろで、アキオが「俺、いつまでジャンのお守りをしてるんだろうなあ……」などとぼやいているのが聞こえた。

「もうそろそろ俺も、ジャンの兄は卒業したい」

アキオにしても母国での生活や将来の展望があるだろうし、密《ひそ》かに恋人だって置いてきているかもしれないし、いろいろとジャンに振り回されて大変なんだろうなあと思う。だいたい草刈りまでやったのだ、たいして来たくもない千駄木の古いビルで暮らすのも辛《つら》いだろう。

そうか、と思った。アキオにとっては、これは仕事の一環なんだ。わかってはいたけれど、なんでだろう、どこか寂しいのは事実だった。

いつまでもこの時計兄弟とプラス一人で、ふざけたりご飯を食べたり、わちゃわちゃと賑《にぎ》やかに暮らしてはいられない。

「早く日本語を覚えろよ、まったくもうジャンはなかなか日本語を覚えない」

「ハイハイ、千駄木くんだりまで、おつとめたいへんご苦労さん」

「兄を卒業したら――」

ちらりと後ろを向いた。無駄にでかいだけあって、エスカレーター一段くらいではまだアキオの方が背が高い。

「もう遠慮しない。誰にも」

ほっぺたを触られる。

「なに遠慮って。アキオは遠慮とかいう単語と一番遠いでしょ。ちょっと遠慮気味でちょうどいいんだよ」と笑った。体格からしてずうずうしいのだ、今だって遠慮の「え」の字もなくほっぺたをむにむに触っている。

エレベーターがロビーについて、ようやくその指が離れた。「藤子。すぐ戻る」

「へいへい」

「そのときは、」

ジャンに何か言われながら手を引かれたので、続きがなんだったのかちょっと気になったけれど、すぐに忘れてしまった。

またハグが三人の円陣となって笑う。

「やっぱりフットボールの試合前みたいだ」

「元気でね、ふたりとも。たこ焼きまたつくるから」

「だいすき」

「了解、タコもいいやつ買っとく」

アキオが笑いをこらえている。

手荷物検査場に向かう途中、こちらを振り向いて、「またね」とジャンは手をあげた。

＊

藤子は、電気を消した店の、手元だけ灯りをつけて、ひとりで作業台に向かう。台の上には、古道具屋で買ってきた置き時計がある。ボロボロの、いかにも「死んでおります」というようなものをわざわざ見つけて買ってきた。ひとりでも修理ができるまでには、まだまだ時間がかかるかもしれないけれど、錆《さび》の浮いたネジや汚れた部品をひとつひとつ外して、丁寧に皿に入れていく。カメラで分解途中の光景を撮ることも忘れない。（これ？ああ、わたしが直したんだけどね）なんて、時計兄弟に次に会うことがあれば、胸を張って言えるように。

スイスは今お昼の一時。きっとあのふたりも、今、時計をいじっていることだろう。目には見えない時の流れを、この手で掴《つか》もうとして。

心臓が打つように、歯車が動き出しますように。コチコチと音が聞こえますように。

藤子は時計にそっと触れる。

さあ。もう一度目を覚まして——

〈参考文献〉

「機械式時計【解体新書】歴史をひもとき機構を識る」本間誠二監修（2001）大泉書店
「腕時計一生もの」並木浩一（2002）光文社新書　光文社
「腕時計のこだわり」並木浩一（2011）SB新書　SBクリエイティブ
「機械式時計大全」本間誠二監修（2013）誠文堂新光社
「腕時計　雑学ノート」笠木恵司　並木浩一（2000）ダイヤモンド社
「和時計　江戸のハイテク技術」澤田平（1996）淡交社
「時計の科学」織田一朗（2017）ブルーバックス　講談社
「時間の図鑑」アダム・ハート＝デイヴィス　日暮雅通監訳（2012）悠書館
「イスラム美術の幾何学」ダウド・サットン　武井摩利訳（2011）創元社
「復元　水運儀象台」山田慶兒　土屋榮夫（1997）新曜社
「クロノス日本版　1月号　第80号」（2019）シムサム・メディア

謝辞

この度、本作品を書くにあたりまして、株式会社モントル　代表取締役　西谷孝宏氏、ならびに、板垣浩氏、井澤利夫氏をはじめとする修理センターの皆様、しもすわ今昔館おいでやの、時計工房儀象堂の皆様、東京ジャーミィ・トルコ文化センター広報　下山茂氏、トルコ文化センターのサカッル・アブドゥッラー氏、小室理枝氏に、多くの知識と示唆《しさ》をいただいたことを心より感謝いたします。

株式会社モントル、修理センターの工房を見学させていただいた際、さまざまな思い出と共にあったであろう時計たちが、また動く日を待ちながら修理を受けている様子がとても印象的でした。また、流れ作業ではなく、一つの修理を一人の職人の方が最初から最後まで仕上げるということで、それぞれの方が、時計修理の技能士としての誇りを持って修理に当たっている姿勢がとても美しく思えました。今は修理できるところも少なくなったというゼンマイ式の置き時計、筆者のキンツレの時計修理も株式会社モントルにお願いしたのですが、元通り直ったことをとても嬉《うれ》しく思います。

株式会社モントル　時計修理相談室
東京都港区浜松町1－22－7　鶴栄ビル一階　http://www.montre.co.jp

しもすわ今昔館おいでや、時計工房儀象堂では、筆者は時計づくり体験・機械式時計組立6時間コースを受講しました。諏訪の時計メーカー、OBの講師の方には時計づくりの基礎から丁寧にご指導いただきました。組み立てた時計が動き出す瞬間の感動は今でもはっきりと思い出すことができます。

中庭にある水運儀象台は、世界で初めて完全復元されたという、中国北宋《ほくそう》時代の、水で動く巨大な天文観測時計です。実際に動く様子を間近で観《み》ることができます。九百年も昔から、いかに人間が時というものを摑《つか》もうと奮闘したかが見えるようでした。機構のすばらしさを、読者の方にもぜひ観ていただきたいと思います。

しもすわ今昔館おいでや
長野県諏訪郡下諏訪町3289

宝石のようなモスクとして知られる東京ジャーミィでは、その美しさに言葉を失いました。下山茂氏には、建築様式から代々木上原のモスクの由来についてもわかりやすく解説いただきました。イスラム教に畏敬《いけい》の念と親しみを覚えます。

東京ジャーミィ

東京都渋谷区大山町1-19　https://tokyocamii.org/ja/

トルコ文化センターでは、校長サカッル・アブドゥッラー氏、小室理枝氏にトルコと日本の文化の違い等について伺うことができ、実際のアザーン（礼拝への呼びかけの声）や、アプリでどのように方角を知るのか、また食文化など、細かい点についても伺うことができました。感謝申し上げます。

トルコ文化センターでは、トルコ語講座やアラビア書道教室、モザイクランプ作りや手芸教室などのワークショップも開かれています。

トルコ文化センター

東京都新宿区西新宿1-19-8　新東京ビル八階　http://www.turkeycenter.co.jp

本書はハルキ文庫の書き下ろし小説です。

ハルキ文庫

ひ 9-2

機《き》械《かい》式《しき》時《と》計《けい》王《おう》子《じ》の再《さい》来《らい》　からくり屋敷《やしき》の謎《なぞ》

著者　柊《ひいらぎ》サナカ

2019年9月18日第一刷発行

発行者　角川春樹

発行所　株式会社角川春樹事務所
〒102-0074 東京都千代田区九段南2-1-30 イタリア文化会館

電話　03(3263)5247(編集)
03(3263)5881(営業)

印刷・製本　中央精版印刷株式会社

フォーマット・デザイン　芦澤泰偉
表紙イラストレーション　門坂 流

ISBN978-4-7584-4290-9 C0193 ©2019 Sanaka Hiiragi Printed in Japan
http://www.kadokawaharuki.co.jp/[営業]
fanmail@kadokawaharuki.co.jp[編集]　ご意見・ご感想をお寄せください。